林良作品集

07

小方舟

經典紀念珍藏版

林良

我的動物散文——《小方舟》第三個版本的序

「小方舟」？「方舟」是什麼？

這是本書剛出版的時候，讀者一看到書名忍不住就要問到的問題。其實這本書寫的不是「船」，寫的是動物，是我對十三種不同動物的觀察，以及彼此相處的有趣經驗。因此，我在這本書的初版本寫了一篇序〈人生旅伴〉。在這篇序文中，我除了強調動物和我們的密切關係以外，還特地說明了「小方舟」這個書名的來歷，這篇序文，也在你現在手上拿的這本書裡出現，被稱為這本書的「原序」。

《小方舟》的第一個版本，最初交由「好書出版社」發行，印製了九刷。一九九八年，因為「好書出版社」發行部門的成員一一離開，就改由「麥田出版」接手發行，把這本書重新校閱，印製新封面，成為《小方舟》的第二個版本。我也為這第二個版本寫了一篇序〈進入動物的世界〉，說明了我寫的「動物散文」的真正性質，勉勵讀者要善待動物。那篇序文，被稱為第二版本的序，也附印在本書的卷首。

今年，二〇一五年，麥田出版再次重新校閱這本書，為它製作新封面，成為這本書的第三個版本。為了紀念這個新版本的出現，我寫了第三篇序〈我的動物散文〉，用幾句話重提這本書在發行方面的一些往事，同時也介紹了前兩篇序文的內容。希望手拿這本書的讀者，未讀全書之前，也能一讀。

這第三個版本的《小方舟》，另外還有一項改變，就是「作者署名」的改變。過去我寫的散文，都以我的筆名「子敏」署名。從第三個版本起，我的作者署名一律改為「林良」，這是我的本名。理由是：「子敏」和「林良」既是同一個人，不是兩個人，所以有一個名字就夠了。這只是把作者的署名換了，並不是連作者也換了人。

一本發行了二十多年的散文集，能不因歲月的侵蝕而被人忘記，可以看出發行者對這本書的珍惜，以及發生在讀者身上的某種「繼承」。那就是：把自己喜歡的書告知自己喜歡的人。我在這裡，祝福這本書的發行人，也祝福我的讀者。

二〇一五年十二月在臺北

進入動物的世界——《小方舟》第二個版本序

許多年前，我跟朋友們結伴到美國旅遊，第一個落腳地是現代化的城市波士頓。一天，到波士頓公園附近散步，看到人行道上的鴿群，不大情願的為一位老太太讓路。那些鴿子，似乎很肯定牠們有在人行道上散步的權利。在舊金山漁人碼頭，看到肥碩的海鷗惡作劇的飛落在遊客肩膀，壓彎了他的右肩。尤其在坐遊輪遊港的時候，成群的海鷗尾隨著遊輪飛行。只要遊客高舉拿在手裡的餅乾，就會有一隻海鷗低空掠過，準確的叼走餅乾，像是一種遊戲。在尼加拉瀑布附近的山羊島，我們在雪地上拿出食物，林中每一棵樹的背後就會有松鼠跳出，漫山遍野的向我們奔來。

這種人跟動物和諧相處，相互尊重的情形，使我看了大受感動。

在家裡，因為孩子們喜歡動物，所以也曾經養過狗，養過貓，養過鳥，養過魚，養過烏龜，養過蠶。看到孩子們跟動物相處，看到孩子們對動物的照顧，不得不相信孩子們都有憐惜一切生命的高貴情操。

為了想對螞蟻有更多的認識，我曾經用放大鏡去觀察螞蟻的面貌。在知道螞蟻有一張瘦長的臉和一對茫然的大眼睛以後，我從此再也不忍心去摁死一隻螞蟻。

我不知不覺的進入一個動物的世界，對於動物的純真、樂生、勤奮不息、無怒無尤的生命美質，有了不少的體會。因此，動物也成為我的散文題材，吸引我去寫了不少的「動物散文」。這本書，就是我所寫的「動物散文」的結集。

這些散文，並不是以散文的形式大量提供科學知識的那種「科學散文」。這些散文，記錄的是我跟動物親近而產生的情感，記錄的是我對動物的觀察而得到的領悟。這些作品裡沒有大量的知識，只有大量的思索、大量的人情、大量艱辛經營的「語言形容」。

這本書原本由「好書出版社」出版，前後印了九「刷」，流通在讀者手上的大約是兩萬七千冊。「好書出版社」是我為孩子們辦的「實驗出版社」，目的是讓孩子認識出版實務。在孩子們結婚成家，一一離去以後，這本書一度成為大家所說的「孤兒書」，等人認養照顧。

認養這個孤兒的是富有朝氣的「麥田出版」。麥田把這本書重新排版，製作精緻的書衣，成為這本書的第二個版本。

這本書的命名經過，讀者可以讀一讀後面所附的「原序」，就可以知道。在新版本誕生的時候，當然也要有「新序」。這新序，作者最想表達的是一種喜悅和感謝的心情。喜悅的是這本書找到了一位真心疼惜它的認養人。感謝的是認養人對它的認養。

一九九八年二月在臺北

人生旅伴——《小方舟》的原序

喜歡文學的人，除了孔子的書以外，總會讀一點老子，讀一點莊子，讀一點佛經，讀一點聖經。

讀聖經的人，不管多沒有恆心，至少也會讀一讀〈創世記〉，因為創世記是舊約聖經裡的第一書。打開厚厚的聖經，最先跟你打照面的就是創世記。

創世記有五十章，前面幾章都不長，大約是每章七八百個字。你只要讀到第六章，一位有意思的人物就出現了。他就是「挪亞」。上帝叫挪亞造一艘箱櫃形的大船。這條大船像一個長立方體，所以中文聖經用中國一個古老的名詞，把這箱櫃形的大船譯成「方舟」——方方的船。

那時候，地上最大的洪水快來了。上帝對挪亞說：『凡有血肉的活物，每樣兩個，一公一母，你要帶進方舟，好在你那裡保全生命。飛鳥各從其類，牲畜各從其類，地上的昆蟲各從其類，每樣兩個，要到你那裡，好保全生命。』

大家可以想像得到，那是一艘多麼熱鬧的船！挪亞和他的子孫真是大有福氣。

他們等於經營了一個世界上最大的水上動物園。我不禁又想起美國的「華特・狄斯尼」。他創設的「狄斯尼樂園」有不少奇妙的東西，就是缺少一艘「挪亞方舟」。他應該造一艘巨大無比的方舟，讓小孩子買票進入方舟去認識各種動物。為什麼他生前沒想到這個好主意？

「方舟」也使我想起我的家。我雖然喜歡潔淨，但是不敢走極端。動物天生是小孩子的好朋友，剝奪小孩子跟動物親近的權利，是一件十分冷酷的事情。小孩子可以從動物身上認識什麼是生命的喜悅，什麼是純真的感情，而且學習怎麼去愛。沒有寵物的童年，是「像沙漠一樣的童年」。我最喜歡的一句人間最溫馨的話，就是：『每個孩子都有一條自己的狗。』想想這句話，你會覺得眼前好像出現了一幅令人動心的圖畫。現代社區都是十分擁擠的。為了避免擁擠所造成的可怕污染，人人都必須培養新道德。那就是不可以破壞社區的乾淨和寧靜。從前的人過日子都帶有「穴居人」的老習性：什麼不乾淨的東西都往洞外扔，只要洞內乾淨；什麼一時用不到的東西都往洞外堆，只要洞內寬敞。現代觀念已經不同。漂亮的社區是居民的體面，污穢的社區使居民蒙羞。

因為這個緣故，我對於孩子飼養動物的事情，一向採取有條件的放任態度——只要他們能記住不污染社區，不打攪鄰居，家裡稍微亂一點有什麼關係。親切溫馨的混亂，總比寒冷潔淨的冰宮強得多。這個道理，也是從長久跟孩子相處的經驗中體會出來的。絕對的潔淨只適合獨居的個人。絕對的潔淨是一種矜持，對孩子的自然成長卻是有害的。家居生活的溫馨，來自適度的混亂。適度的混亂意味著坦誠，對小孩子親和力的培養十分有益。在一個一切都不許摸，不許碰，不許拿，不許玩，不許挪動位置的環境中長大的孩子，一定相當孤僻。

允許小孩子在家裡養動物，必然會製造髒亂，大人只好跟在後頭不停的收拾。不過，這只是剛起頭的情形。到了把照料小動物的工作完全移轉給小孩子以後，小孩子就可以學習關心，學習收拾，學習負責任，學習付出勞力，成為一個相當能自立的人。這是很好的教育。小孩子有做不到的，大人只要稍稍幫忙就行了。年輕的父母如果肯扮演「共同飼養」的角色，兩代感情的增進是必然的。

讓孩子飼養小動物，還有更深刻的教育意義。小動物的壽命大都比不過人類。飼養小動物的孩子，可以有機會和緩的學習理性面對生離死別，面對生老病死，面對一切人生的缺陷。對我來說，這幾乎是我們多情的人類必不可少的功課。痛不欲生和精神瓦解雖說是來自人類的天性，但是我們並不希望人人面對這種人生缺陷就喪失生之勇氣，喪失繼續建設的熱情。一個人雖然失去了他所愛的，但是人類還需要他。他雖然失去了他所愛的，但是仍然可以為人類謀幸福。

『不要為失去所愛的而喪志，要為曾經有過所愛的而感恩不止。』這是我的人生哲學。

因為允許小孩子養小動物，所以家裡曾經一度，依我誇張的形容，像個小動物園。我們養過狗，養過貓，養過鳥，養過龜，養過金魚，養過蠶。這些小動物沒進入我家大門以前，我們的日子原本也過得很充實。這些小動物進入我們家的大門、製造了一些混亂以後，我們的日子除了過得很充實以外，又增添了一份喜感。

小孩子跟小動物相處的情形，往往給我很大的感動。小孩子表現出來的仁慈、關懷，就像一位小母親。小孩子表現出來的不畏勞苦和強烈的責任感，就像一位小父親。三個曾經靠父母無比的耐心帶大的女兒，竟也能以無比的耐心照料她們的小動物。這是比什麼都好的愛的教育。

動物的純真和稚氣，也給了我很大的感動。有一度，我因為長期和動物在一起過日子，竟漸漸的把動物看成一個個的「人」，而且覺得牠們比人還懂得過日子。除非是生病，牠們從早到晚都是高高興興的。牠們是有感應的，而且幾乎是可以感化的。不只是氣質可以變化，甚至連相貌眼神都會改變。有一次，我發現我們養久了的一隻狗，眼神竟跟我們家的孩子一樣溫和。

不久以前，我遇見一個朋友，她已經是一位媽媽。不記得是怎麼忽然談到了飼養小動物，她說：『我家裡什麼東西都不許養，髒！』我不覺脫口說：『沙漠最乾淨。』

她很驚訝的看著我，問我這是什麼意思。我跟她開玩笑說：『你背叛了你自己啦。難道你小時候不養小動物？』我自己小時候也養過狗，養過鳥，養過蟋蟀，養過金魚，養過蠶。小孩子跟小動物總是分不開的，而且這幾乎也是小孩子與生俱來的一種權利。從北京人以來，我們的祖先就懂得尊重小孩子的這種權利。小孩子的成長，跟小動物有某一種關係。

不久以後，那位媽媽就為自己的孩子買了兩條蠶，而且為那兩條蠶奔忙，每天到種桑人家去要桑葉。

有一次，我寫了一篇散文〈招待小狗〉。文章裡有這樣的一句話：『小孩子的心像動物園，像聖經裡那個挪亞所造的方舟，可以住許許多多可愛的動物。』這篇〈招待小狗〉，也收在這本集子裡。

「挪亞的方舟」，就是這本散文集書名的由來。因為小孩子的熱心養小動物，我的家曾經一度熱熱鬧鬧像挪亞的方舟，只是規模小了一點。為了謙虛，為了不誇張，我認為把這個家稱為「小」方舟更恰當。就這樣子，這本書有了一個新鮮的書名。

回想我童年跟動物相處的溫馨往事，看到小孩子對小動物的關心照料，我深信從遠古以來，人類跟善良的動物就有一種友誼存在，彼此相互效力，共謀生活。到了現代，相互效力的關係漸漸淡了，但是動物仍然是我們的「人生旅伴」。

在我們的一生中，總會有幾次和動物結緣。我們在人生的長途行進，總會有動物出現在路邊，走上前來，「與我同行」。也許是一隻貓，也許是一條狗，伴隨我們走了一程。然後，在我們雙腿仍然健壯，邁步仍然有力的時候，牠卻已經腳步蹣跚，過完牠的一生，莊嚴的退離大道，消失在我們背後蒼茫的原野裡，留給我們永恆的懷念。

牠們的來，只是為了跟你結伴，陪你走一程。來時跟你一起歡樂，去時沒有一絲怨意。牠們像是無牽無掛，卻能留給你一份真情。因此，這一份情誼也就格外值得我們珍惜。

我跟動物好像有相當緣分，結識的人生旅伴也不止一個。牠們的離去給我悲涼的感覺，但是我寧願牢記牠們在離去以前所帶給我的溫馨和歡笑。我要為我曾經有過的而感恩，不為所失去的而嘆息。

這些可愛的旅伴常常成為我的寫作題材。這十幾年來，我為這些旅伴所寫的作品，包括我寫給一隻狗的信，包括我向螞蟻的懺悔在內，竟有了三十幾篇、十幾萬字。現在我選出其中的三十篇、約十幾萬字，編成了這本書。

編書的時候，我細讀自己的文章，竟發生了一個編例的問題。我寫過的動物，從瑋瑋的駱駝朋友到我自己的螞蟻朋友，總共竟有十三種那麼多。寫得最勤的是「斯努彼」——一隻怕蟑螂卻會跟麻雀交朋友的狐狸狗。按動物分類來編，編得像史書的「紀事本末體」，是一個合理的想法。

問題是，這些文章都是陸陸續續寫成的，有一條看不見的「時間的線索」貫穿全部作品。我們家是：一會兒貓來，一會兒狗去，一會兒魚來，一會兒鳥去。按時間的順序來讀，可以讀得懂。按動物分類來讀，一定會有天下大亂的感覺。

最後的決定是：完全按史書的「編年體」來編輯，另外再製作一份「動物分類索引」，讓讀者查閱起來方便些。

我因為受到父親的引導，從小就喜歡畫畫兒。我的一些辦事的構想，作品的構想，也常常喜歡用圖畫來表達，供自己作「備忘」。我稱這種畫叫「備忘畫」。因為喜歡寫動物，所以也為我要寫的動物畫了一些備忘畫。現在就把這些畫也編入這本書，作為趣味的附錄。

這是我交給「好書出版社」出版的第三本書，編輯的時間竟耗去一年半。能夠容忍這樣的「慢工」，正是好書出版社最可愛的地方。這也說明了我為什麼總是把我編的書交給好書出版社出版的真正原因。

一九八七年四月四日

小方舟

小方舟

目次

卷二　斯努彼的故事

卷三　我和鵝

卷一

招待小狗

郭先生的雞

從我廚房的小窗子望出去，可以看到郭先生的小院子。那小天地的主人不是郭先生，而是一隻不平凡的母雞。每天我們做飯吃飯，都有一段不短的時間可以觀察牠。日子久了，我就把牠看成一個有個性的生命，再也分不清雞人的界限。

雞能夠找到個主人像郭先生，才叫命大。郭先生念的是哲學，贊成萬物都應該聽其自然發展，所以郭先生的雞總有一種傲然不群的氣度。牠老人家偶然歪一歪脖子，瞅你一眼，那神氣，真能叫你感覺到大地的主宰者並不是人類，而是雞類。牠眼睛裡含著一種對人類的超然的輕視，彷彿牠根本瞧不起火箭、氫彈、新藝綜合體電影、原子筆和電冰箱這些亂七八糟的東西。

老郭的雞很不滿意主人給牠預備的雞窩，每天早晨一睜眼就往外跑，在院子裡咯咯咯的埋怨了一陣，這才心平氣和的到水溝旁邊去找東西吃。郭先生每天早晨起床，睡眼一睜，伸手在桌上抓一把食料，也不管是米是鹽，往院子裡一撒；再從掛在牆上的幾棵白菜身上摘下兩張葉子，順手一扔，隨它飄到哪兒就是哪兒。這就算盡了餵雞的責任了。那母雞也有自己的一套：你扔你的，我根本不吃。非得等到中午肚子餓，牠才不去碰那些有意給牠準備的食物呢。牠在院子裡散開了步，跟牠主人一樣，遇到什麼吃什麼，認為如果成心去等、去找、去要，那就不自然了。

我認為雞爪子又輕又細，最適合踩沙地，踩爛泥。可是牠偏偏喜歡乾淨的榻榻米和地板。每天中午，牠傲然飛進老郭的房間，也不分清楚哪兒是地板，哪兒是席子，哪兒是床，哪兒是書桌。在牠眼裡看來，反正都是可以散步的平面，因此枕頭、被單、毯子、書桌，都留下牠那竹葉形的圖案。最有意思的要算牠的主人，竟能面對這種髒亂的現實而不氣、不急、不心煩。既然人需要散步，雞又為什麼不？這麼一想，就想開了。

雞跟人類不一樣，用不著公證結婚，甚至用不著異性，一樣下起蛋來。老郭的雞下蛋的本事不比別人差，然而還是走的順應自然的路子：今天是牆犄角兒，明天是皮鞋盒，後天是破雨帽，哪兒都可以下蛋。說不定有一天，牠真會把蛋下在老郭的被窩裡呢。老郭不把雞看成他的財產，只把牠看成普通朋友，甚至對牠有一點敬意！有時候他想午睡，那母雞偏繞著他的床鋪轉，目中無人，自得其樂。看看老郭不動聲色，就更加放肆起來，碰碰飯鍋，碰碰鳥籠，碰碰暖水壺，直把寬宏的主人吵醒了，起來轟牠，這才撲撲翅膀，一飛了事，一點沒有懺悔的意思。老郭就喜歡牠這股勁兒！

老郭養雞已經不止一回，每次都帶點放生的意味。常常把人家母雞養得老到不能再老，還是捨不得宰，捨不得吃；非等小偷動了心，撒把米提溜走了才算完，不然永遠不會有個了局。所以我們一聽到老郭要養雞，沒有不皺眉的。因為那必定又是個沒完沒了，天長地久的事兒，既無計畫，又無結果，目的只在找個伴兒。

這一次養雞，是老齊出的主意。老齊新婚，人來客去，總有些剩菜剩飯，養個把母雞，下十幾個蛋，也算經濟實惠。老郭他養雞要賠本兒，一點好處得不到。可是他坐下來一想，偏偏又激動他愛憐動物的天性。兩隻雞買下來，把好好兒的家禽養成野鳥，他這才樂得呵呵直笑。起頭兒他說買的是一對兒，其實他哪裡管牠是公是母，反正有兩個就好，隨便往院子裡一放，就算開始養起來了。還是老齊看不過去，拉著新婚媳婦兒，用破籬笆好壞搭成一個雙層雞窩，那一對新客人才沾了光，有個地方避雨。老郭的意思好像是說：『何必那麼麻煩，樹底下，草堆兒，哪兒不可以躲？你這麼一弄，就顯得造作，沒意思了。』話雖然這麼說，臺北近來雨水多，真叫母雞一動不動，整天把頭栽在草堆裡避雨，不憋死才怪。

兩個月以前，其中的一隻得了瘟病，一蹬腿，死了。老郭看了一眼說：『人生死是輪迴，早死早脫生！』把牠扔在野地裡。其實他心裡何嘗不懊悔，也許正怪自己多事，養得太造作，不自然，以致使牠得了食物中毒症也不一定呢。從此以後，這剩下的母雞就更自由，更不受拘束，到屋裡散步也更勤了。

我常想，無論什麼動物，一到老郭手裡，就恢復了野性。老郭養的鳥兒，說飛了就飛了，毫不客氣。不飛的鳥兒他還不喜歡呢。他每天夜裡把鳥籠打開，鳥兒全放在地板上，揮動雙手轟牠們飛。鳥兒越歡騰，他心裡越樂。他養雞，也是這一派作法。

有一天，那母雞又在走廊上散步，中途忽然收住腳步，挺胸凸肚，顧盼自豪。我遠遠一看，體味到那股神氣和風度，的確不凡！牠健康，豐滿，自尊，自由，有千百種氣派，說不出的高傲。真了不起！我這才想起英國哲學家羅素的話：『我不以為任何孔雀會嫉妒別隻孔雀的尾巴，因為每隻孔雀都以為自己的尾巴是世界上最美的。因為這個緣故，孔雀才是一種性情和平的鳥類。』這隻母雞，在這一瞬間，真的以為自己是世界上最了不起的母雞了，這一點連旁觀的人都會不由得相信。這一隻母雞身上，看不出一點老郭所加上去的人工痕跡，牠不是「老郭的母雞」；然而毫無疑問的，牠是「母雞」，一隻自自然然的母雞，健康而出色！牠沒有不必要的謙卑，但是也沒有妒忌。牠是幸福的。

看到這一隻不平凡的母雞，別人也許會想到買牠的蛋吃，不然就是日夜替老郭操心：『等到什麼時候才宰牠呢？』但是我認為老郭是永遠不會吃牠的，因為老郭已經吃到比雞肉更香的東西，那就是一種教育哲學運用在雞身上的成功，一種內心的滿足。

帶路雞

「小黑」、「小不點兒」、「老鷹」、「大塊頭」、「大白」，都已經不在人間了。雞欄裡只剩下「歪脖兒」、「小白」和「小黃」，可憐巴巴的在那裡啄食。牠們身體虛弱，膽怯多疑，經過那一場大災難之後，連本性都改變了。

最不幸的是「歪脖兒」，本來牠羽毛豐滿，雄姿英發，是一隻了不起的家禽，第一次在那場大災難中倒下來的時候，牠掙扎得最苦，也最堅韌。我把牠抱到寧波西街的家畜醫院求診，結果那位醫生一腿給牠打了一針，另外又餵牠一包黃藥粉。牠垂著頭，閉著眼睛，一言不發。回家以後，更是雙腿發軟，形容憔悴，展開骯髒的翅膀，蒙頭大睡。兩三天以後，牠終於戰勝了死神，可是牠付出全身的肌肉做代價，瘦得只剩一副骨頭。

雞的世界是很殘酷的，在牠身體棒、力氣足的時候，每餐吃米粒兒、吃菜葉，全都是首輪。現在牠拖著疲憊的身體，避開同伴尖銳堅實的鐵嘴，專在角落上撿同伴的剩菜殘羹充飢。死神跟牠有仇，不久又對牠進行第二次襲擊。牠的腿又軟了，眼睛又失神了，整天蹲在地下不動。我和太太拚命餵牠芥菜子兒、胡椒子兒、紅辣椒、蒜頭，塞得牠一肚子都是強烈的刺激品。有一度牠好像是戰敗了，就剩下嘴裡的一絲氣兒。我又冒雨抱牠去找醫生，醫生又狠狠的給牠打了兩針。

還好天氣轉晴，萬里無雲，陽光燦爛，牠似乎直接從上天獲得了力量，慢慢睜開惺忪的眼睛，好像是說：『我又掙扎過來了！』牠確實又撿回了一條命，但是這條命是殘缺不全的，創痕斑斑的。牠的脖子歪了，眼睛瞎了一隻，喉嚨裡斷斷續續發出使人柔腸寸斷的蛙鳴。我們雞群裡定名定得最晚的是牠，那就是這個很不雅的「歪脖兒」。

說起這件事情，實在是夠人傷心的。它有一個美麗的喜劇開頭，卻以愁慘的悲劇收場。當年充滿生氣的雞欄，如今就像一片廢墟，留幾個劫後餘生的未亡人在那裡憑弔遺跡，低頭懷念悠悠的往事。

有一個星期六，太太和我在老郭的院子裡圈了一道籬笆，五尺的二尺，恰好是十平方尺，比一張榻榻米大一點點。因為要用種花的小鏟子挖土立柱子，我的手都磨出血來了。第二天，太太拉我騎車走進菜市場，在雞店裡看到一窩臺灣的「帶路雞」，四個，是女兒回娘家送禮用的。我們看看不錯，就買下了「小黑」、「小不點兒」、「老鷹」和「歪脖兒」。中午下班，太太腳踏車前面的鐵絲籃裡關著兩隻，我手裡提著兩隻，就這樣兩個人、兩部車、四隻雞，浩浩蕩蕩回了家。我們把雞往雞欄裡一放。撒下米，牠們就吃，端上水，牠們就喝，小脖子扭個不停。第三天我們又到市場去轉，碰巧在昨天那家鋪子的對面又發現四隻「帶路雞」，也很活潑健康，這就是我們的第二批雞：「大白」、「小白」、「大塊頭」和「小黃」。

這兩批雞碰頭的時候，先打一場群架，到了當天下午，領袖就產生了，那就是「大白」！「大白」一看就知道是個小公雞，紅冠白羽毛，威嚴莊重，孔武有力，靠牠的鐵嘴輕易取得族長的地位。牠們安頓下來之後，我們又到建材行買了一塊鐵片，蓋在籬笆上面，使牠們有了一個風雨操場。那幾天，我們的家庭生活都起了大變動。我一回頭，不見了太太，到處去找，原來蹲在雞欄外邊餵青菜呢。我也常常偷溜出去看雞，非等太太來抓不肯回去。我們對那八個出色的家禽都有了感情。為了看雞，好幾次飯燒焦了。為了看雞，好幾次上班晚了。可是非看不可，因為那八個少年，實在動人，吸引力夠大的。

天有不測風雲，就在牠們進門的第五天，颱風到了，因為風急雨斜，鐵片失去了效用，可憐牠們整整淋了一夜雨。天亮以後，雨還很大，我們在籬笆外面看了一看，「小黑」有問題了。雞淋過雨以後，羽毛一溼，沾在身上，體形全變了。「小黑」變得只有網球那麼小，並且彎腰駝背，全身發顫。那天晚上，風雨更大，我們只好把廚房開放做牠們的避難所。我們用毛巾把「小黑」包起來，又用爐火烤乾牠身上的羽毛，餵牠蒜吃。夜裡我們都睡不著覺，心裡祈求的是同一件事：『但願上天保佑，不要讓這種事情發生，千萬不要！』

我那夜翻來覆去，聽著外邊風聲怒吼，急雨打在窗玻璃上。我想到雞群已經遷進廚房，牠們總算是安全的了，唯獨「小黑」情形不對，叫人放心不下。我醒來，天已經亮了，太太也早到廚房裡去了。我喊了她一聲，她沒有回答。我急忙披衣下床，衝到廚房去。太太坐在一隻矮凳上，垂著頭，雞群在飯桌上散步。我一數，只有七個，不覺脫口說：『小黑呢？告訴我小黑在哪兒！』太太指著一個報紙包說：『趁現在還早，把牠扔了吧！』

這是「小黑」離開人間的情形。在「小黑」之後，就是那堅韌的「歪脖兒」，牠戰勝死神，雖是殘廢，總算還活著。

當時我們心亂了，覺得我們應該做點兒什麼。同時我們也不能老把雞關在廚房裡，因為人畜同居的生活不是好受的，椅子上、飯桌上、地上、水槽裡、鍋蓋，全是雞屎，在那裡面做出來的飯，叫人怎麼下嚥？這一次我下定決心，要運用心理學上所說的潛藏精力，拿出來一拚！我跟隔壁借來一把劈柴刀，跟自來水工程行借了一把鋼鋸。又去買了一捆竹子，一斤鐵絲，脫掉外衣，卸下手錶，一個下午紮成了一個竹子的架空雞舍，使牠們可以遷出廚房，來這裡避風雨。太太欣賞我的成就，管那雞舍叫「文人的空中樓閣」。

那天下午，是一個很少見的好晴天。雞身上的羽毛，都像剛擦過的皮鞋那樣發亮。牠們住進空中樓閣，我和太太就洗刷廚房。兩個人累了一天，那晚上睡得像兩條死魚。

今年颱風特別多，死神是駕著風來的。空中樓閣第五天就受到風雨的洗劫。那一天，死神帶走了「老鷹」，我心情沉重的把牠扔進垃圾箱。我們盼望天晴，因為天一放晴，雞就歡騰，這是我們的經驗。使我們大大失望的，是颱風過後那一天早晨，「小不點兒」也完了，腦袋夾在兩根竹子中間，眼睛閉著，真慘！這是第三個，我又含怨的把牠扔掉，開始對晴天也不信任了。

第三次颱風來的時候，我們又失去「大塊頭」。我們的失望已經到了極點。我說：『我一個也不要了！』其實我哪裡捨得？還是冒大雨，披上雨衣，把剩下的四個抱去打針。回家以後，雨很大，我把牠們安頓在雞窩裡，撫摸牠們的羽毛，默祝牠們的健康，然後才去上班。我以為死神已經走遠了，我錯了。死神還逗留在雞窩裡，而且攫奪了最後一個，也是最得意的一個獵物，那就是雞群的領袖，威武英俊的「大白」！

現在，我們的雞欄裡只剩下「小白」、「小黃」和「歪脖兒」。「歪脖兒」獨眼，「小白」、「小黃」瘦小衰弱，但是我們心裡有一種神祕的感覺，那就是災難過去了，風雨也過去了。不灰心不失望的人，還有權建立美夢，把牠們養大，蒐集牠們的蛋，看牠們抱小雞兒！

人生也是如此，美滿幸福不是靠命運的寵愛。美滿幸福是靠不甘失敗的意志，在飽受摧殘之後，仍能收拾起破碎的心，不發昏亂的言語，從頭幹起！我們還打算再買幾隻雞，要比從前更多！有了「失望」、「灰心」的痛苦經驗的人，第二次就不再怕它了，因為我們已經了解：人生的真價值不在珍藏和享有美好的事物，人生的真價值來自繼續創造美好事物的心願！

斯諾上醫院

白狐狸狗跟人一樣，也會生病，這是我從前所沒想到的。直到我在「狗的病歷卡」上替「斯諾」填上名字，並且在「狗主」欄裡「龍飛鳳舞」的簽了自己的姓名以後，我才突然發現我跟「斯諾」的密切關係——我是牠的監護人。牠病了，我得給牠治病。牠的醫藥費，我得負擔。

在忙碌的日子裡，斯諾是我們家裡最不受人重視的一員。我們只把牠當作「敏感度」極高的「電鈴」看待。客人還沒伸手指頭摁電鈴以前，斯諾就已經先「響」了。我們聽到斯諾的叫聲，就知道電鈴要響，趕快放下手邊的工作，向大門走去。途中，意料中的電鈴果然響了。斯諾的叫聲是我們的「準備鈴」。因此，斯諾對我們的真正意義，不過是一種「電器」罷了。

大人沒工夫「玩狗」，小孩子也同樣沒工夫「玩狗」。斯諾過的完全是「無悲歡的歲月」，身在「家」中，卻像個出家人，生活中帶有「木魚青燈」的孤寂色彩。

小孩子上學出門，放學進門，走過狗屋，偶然也會招呼牠一聲「斯諾」。但是這一聲招呼的實在含義，不過是：『對不起，我沒工夫陪你啦！』

斯諾的反應也沒有從前的熱烈了。從前牠只要聽到一聲招呼，就激動得大聲喘氣，四腳亂踩，尾巴搖得使人眼花。現在，牠不再大聲喘氣，四腳也不亂踩；尾巴也只搖一兩下，不過虛應一應故事罷了。

醫生說，要拿人的年齡來比狗的年齡，只要把狗的年齡「乘以八」。斯諾今年四歲，四乘八是三十二。那麼，牠在狗的世界的歲數，就相當於人在人的世界裡的三十二歲。斯諾已經是中年「人」了，難怪牠的態度是那麼平靜、穩重。如果還把斯諾看成「四歲的孩子」，那就錯了。

這個「中年人」是在五月初的一個「狂風暴雨的夜晚」得病的。那一天夜裡，風大，雨也大。一向不懂得照顧自己的斯諾，不肯好好兒的在狗屋裡躲雨，反而站在狗屋外值勤，結果好好兒的一條狗竟變成溼漉漉的落湯雞。牠身上那一件「翻毛大衣」沒法兒脫下來烤乾，所以半夜天氣一轉涼，牠就感冒了。

第二天早上，在床上醒來，就聽到牠那像「汽車排氣」一樣的噴嚏聲。這是斯諾生病的信號。不久，又嘔吐了一陣，然後，就不聲不響的生起病來了。

牠茶不思，飯不想的，一連幾天，什麼東西也沒吃。看牠病得連站起來的力氣也沒有的樣子，就知道這場病十分凶險，如果再不趕快送醫院急診，就要鑄成來日的悔恨。

狗醫院離家很遠，又沒有「狗救護車」。徒步抱著牠一直走到狗醫院，準會把人累死。想臨時做個「狗擔架」，由我跟太太把牠抬了去，又怕在街上造成大「轟動」，引來「電視採訪」。最後的辦法，只有求計程車幫忙。

我戴上手套，拉住狗鏈，在院子裡試走幾步。幸好斯諾還剩下幾分腿勁，勉強走到巷子口還不成問題，省得我要賣力氣抱牠一程。

有幾部計程車，一聽說是「狗要坐的」，就馬上踩動油門，一溜煙兒的逃了。幸虧後來說動了一個有菩薩心腸的好人司機，總算勉強答應送牠一程。

從前斯諾也坐過一次計程車，牠在車裡爬上爬下，惡聲惡氣的恐嚇司機，甚至調皮得「把頭手都伸出車外」。可是這一回不一樣了，一上了車就悶聲不響的臥倒在「底板」上，一動不動。

到了醫院，付了車資，拉著斯諾下車，走進醫院的玻璃門。跟醫師打過招呼，就有兩個護士過來接過狗鏈，把斯諾抱上消過毒、沖過水的鋁製手術檯。先量過體溫，可憐的斯諾竟「燒」到四十一度。醫師聽過呼吸系統的「運作情況」以後，就對我搖搖頭。

他說，斯諾生活過得很不正常，有很重的憂鬱症的症狀。他猜想斯諾一定缺乏運動，像「飼料雞」一樣，吃過飯就蹲在原地「養肉」，所以腹部大得驚人，而且全身都是脂肪，這不是好現象。

又說，斯諾的肝有毛病，那不是一下子能治好的。目前得的是氣管炎，很可能轉成肺炎。另外一個危險，就是感染痲疹。他問斯諾打過預防針沒有。我搖著頭，心裡直害怕。

我注意到醫師很關心狗主跟狗之間的感情，所以很小心的避免提到人人不愛聽的那個「×」字。他用「那就不好了」，「那就不大好」，「那就很不好」來代替。

我告訴他「斯諾不是一隻狗」，是孩子們的一個「親人」，所以一定不能讓牠「不大好」，一定不能讓牠「很不好」，一定要讓牠「好起來」。

醫師點點頭，在病歷卡上寫了幾個英文或德文字，然後用醫師的理智口吻說：『給孩子換一隻新小狗兒。過一段日子，孩子就會把事情忘了。』

我也點點頭，相信醫師所說的話是對的。這是大人遇到「很不好」的事情應有的健全態度。不過，我再看斯諾一眼以後，心又亂了。牠剛滿月，初進我家，像地板上一個會動的白絨球，扭動小屁股，用四條小肥腿爬行的情景，像是一張「閃示卡」，在我眼前閃過。我又看到三個孩子蹲在地板上，每人伸出一個手指頭指著牠笑。我又聽到孩子的笑聲。

又有一張「閃示卡」閃過。

我又看到那一年暑假，那一天下午，我跟三個孩子帶斯諾到植物園「遛狗」。我們在樹海裡奔跑，追一個滾得很快的白絨球。樹葉篩過的陽光，撒下了滿地的金錢兒。我們踩著金錢飛奔。孩子們發出銀鈴一樣的笑聲。那白絨球給我們帶來和樂跟歡笑。我又聽到跑在最前頭的瑋瑋，用拉長的聲音喊著：『等一等，斯諾！』

我問醫師：『能把牠治好嗎？能讓牠不「那個」嗎？』我幾乎要說：『我把我的薪水袋全交給你。』

醫師說：『我會盡力。當然我也不希望牠「那個」。』

護士給斯諾打了五樣不同的針。平日不許人碰，不愛人摸的斯諾，現在幾乎是毫不抗拒的任憑護士處置，充分表現出一種病重的人的「肉體的軟弱」跟「意志的堅強」。

說服了另外一輛計程車，帶著斯諾回家的時候，我的心情十分沉重。斯諾在車上仍然不聲不響。牠把尖嘴擱在我的膝蓋上，跟我親熱。

斯諾使我們的家「年輕」過，「歡笑」過。牠那件純白翻毛大衣上有字，所記錄的都是美好的往事。我珍惜這一本舊雜誌——雖然牠的「封面」已經有點兒髒了。

人跟狗不一樣。人前面的路比狗長。人走的路上，風景變換，地理景觀變換。人用嚴肅的心情邁步，穿過路上的風雨、寒暑，穿過路上的歡樂、痛苦。人肯定未來，而且甘願「呻吟」著去征服路上的艱辛。人對這一切都能不抱怨。

最使人心傷的是，不該在路上結識不能陪你走完全程的同伴！那就像是，一份你所愛的好雜誌突然停刊。

幸好斯諾上過三次醫院以後，身體已經逐漸恢復健康。醫師說，長壽的狗，也有生活了十幾年的。我希望斯諾是一隻這樣出色的狗。

斯諾的「過繼」

白狐狸狗斯諾在我們家看了六年的大門。牠一直是最靈敏的「備用電鈴」，不但吠人，而且吠影，不停的向屋裡的一家人報告無人的院子裡的動靜。在停電的日子，訪客常常問開門人：『你怎麼知道我來了？』

『斯諾的叫聲和緩，表示門外有人路過；叫聲急切，表示貴客光臨。如果叫聲帶著示威意味，是「男」客；如果叫聲帶著親善意味，是「女」嘉賓。斯諾是「男性的狗」，牠尊重女性。』這是我的解釋。

天上的月亮有陰晴圓缺，孩子的媽媽卻始終能維持斯諾的三餐不缺，所以最能得到斯諾的尊敬。「媽媽」每餐都要親自洗狗碗，保持餐具的潔淨。在斯諾挑嘴的日子，要為斯諾在飯上撒一點餅乾屑。這些照料，斯諾都記在心裡，所以每天「媽媽」上班下班從牠身邊走過，牠的表情是恭順的、敬畏的。

三個孩子跟斯諾的感情又是另外一種性質。

櫻櫻對待斯諾親切和氣，放學回家不管書包有多重，仍然要艱難的彎腰去拍拍斯諾的頭，然後依照媽媽的吩咐去洗手。上學的時候就很難說，我的意思是指「洗手」，櫻櫻總是趁媽媽看不見，閃電似的拍兩下斯諾的頭，打開大門就逃。對櫻櫻來說，那兩下頭是不能不拍的，但是拍完了又回屋裡來洗手也是不可能的，因此她就常常成為瑋瑋嘴裡所報告的：『大姊偷拍斯諾的頭。』媽媽如果堅持「拍狗洗手」原則，就只好在大門邊預備一個臉盆架了。

斯諾是櫻櫻的「家庭溫暖」條件之一。

琪琪對待斯諾稍稍嚴肅一點，但是她的情感是誠摯的。她寵斯諾的方式，是在媽媽的「不許狗吃零食」的禁令下，尋覓恰當的時機，把大人寵孩子的零食扔到斯諾敏銳的鼻子下面去。斯諾成為一隻「常常吃西點跟花生」的狗。牠甚至吃過很辣的牛肉乾，吃過芒果。琪琪的這種慷慨，使斯諾感激。在斯諾的心目中，這個為牠安排「味覺享受」的二小姐，似乎更應該討好。

瑋瑋是斯諾眼中的「少惹為妙」的對頭。雖然瑋瑋早已經閱讀等身的看過不少兒童讀物，早已經不再虐待動物，但是斯諾始終對她懷著戒懼。只要瑋瑋走近，斯諾就會趕緊退後一步，擺出自衛的姿勢。斯諾「因為有點兒怕瑋瑋」才擺出來的自衛姿勢，使瑋瑋也「有點兒怕斯諾」，彼此都不敢太靠近。現在瑋瑋對這種局面，只好苦笑，不過想在短時間內獲得諒解恐怕是很難的。斯諾的態度常常使瑋瑋覺得有點兒失意。

我知道斯諾是討好我的，但是總忘不了牠這幾年來所造成的一天比一天嚴重的問題。我是矛盾的，對一隻「對我充滿善意，希望得我歡心，卻完全破壞了我的生活」的狗，我的心情是十分矛盾的。

如果我完全接受牠的美意，我就得同時完全接受牠為我安排的生活。

我對狗身上的氣味過度敏感。在悶熱的日子，我必須訓練自己的嗅覺去適應。下班回家，打開大門，我必須在接受牠的搖尾禮的同時也接受一股撲鼻的狗味。這種跟雅潔是死敵的氣味我必須很愉快的接受。下雨天，牠的太長的鏈子使牠能輕易的擋住通到客廳的紗門。雨打溼了牠的一身毛，因為牠從來不肯到狗箱裡去躲雨。我必須忍受牠突來的「濺水禮」像忍受「潑水節」的美俗。

對來訪的嘉賓，牠成為盤據在廳外走廊上的攔路虎，常常使訪客心跳加劇。我不得不站在走廊上，拉住鐵鏈，跟牠拔河，好讓訪客能閃身逃進客廳。看到訪客落坐已經有好幾分鐘，仍然臉紅氣喘，說不出話，我心中就有歉意跟不安。牠常常使初訪的客人臉色蒼白。對我最親切，最忠心的斯諾，大大怠慢了我的客人。我實在不願意做一個「扯緊狗鏈迎客」的不禮貌的主人。

牠敏銳像雷達，為了主人的安全，一天到晚猛發警報，經常把嗓子都喊啞了。

尤其是深夜，牆頭貓最愛逗弄牠的神經質，故意蹲在牆頭不走開，讓牠又氣又急，跳腳狂叫。牠的叫聲比電話裡的報時還要密集。我們成為在一陣緊似一陣的犬吠聲裡過日子的人，耳膜遭受嚴重的傷害。

當然我沒忘了牠是忠心而且親切的，但是我偏偏沒法兒適應白狐狸狗的緊張生活。我注意到一家人逐漸習慣用吼叫的聲音說話，而且都有躁急的病徵。我不能不設法。斯諾必須隔離。

隔離世界上任何一隻狗都是容易事，隔離斯諾卻不簡單。

我想到放逐。一想到放逐我的心就戰慄了。這是不可以的。

家裡沒有一個人願意正視這個問題。大家心裡都不忍。

要是有狗托兒所就好了。要是有狗托兒所，我就可以把斯諾送去「托兒」，禮拜天再接牠回來跟孩子親近親近。

我跟「媽媽」商量。我不能跟孩子商量。

一切都在祕密跟內疚中進行。

有一天，「媽媽」告訴我：『我們家東邊第三家那位不上班的太太，前天看到了斯諾，就怪我沒有好好給斯諾洗澡，看到斯諾就憐惜得不得了。所以我忽然想到——』

『這是個辦法。』我含著深意的說。

「媽媽」繼續說：『我忽然想到，別人家能夠好好照顧像斯諾這樣的狗，我們也應該做得到才對呀。』

我沒有話說了。

我們繼續掙扎了兩三天，到了最後，「媽媽」不得不承認這六年來，我們實在忙得沒有時間弄好一隻狗。結果是，狗在我們家受罪，我們家也相對的受狗罪。我們唯一的成就，實在是那一份六年相處的感情。這一份感情，實在使我心軟。

『那就算了。』我說。

『不過，你要是認為——』「媽媽」說。

『我覺得牠實在有點兒——』我躊躇的說。

『那麼這就是一個好機會。這麼做，斯諾不過是搬了個窩罷了，也免得你心裡過意不去。』

『也好。』我不知道我做得對不對。我這句話決定了斯諾的命運。

我們實行了我說過的「這是個辦法」的辦法。

我沒辦法描寫斯諾離家的情形，因為牠離家的時候我躲在洗澡間裡，那裡是家的「大後方」。我只知道斯諾「過繼」以後，很能得到新主人的寵愛。

下面的話，是櫻櫻放學回家找不到斯諾，躲起來哭的時候，我不得不跟她說的話：

『牠到一個更能照顧牠的家庭裡去住，我們應該替牠高興。我們一家人都太忙了，實際上並沒好好照顧過斯諾。我這樣做，是為斯諾，也是為我們家好。』

現在，我每天早晚還能遠遠聽到斯諾的熟悉的叫聲。牠的叫聲使我想起六年的故事。

我的耳朵享受新的寧靜，我的眼睛享受庭院裡新的潔淨，但是這寧靜潔淨了的屋子裡，總覺得有些空虛。我含笑對來訪的客人說：『請放心進來吧，斯諾已經走了。』那時刻，我自己總覺得我臉上的笑容並不代表真正的快樂。

金魚一號

有一次，我到南昌街一家眼鏡店去修理眼鏡。老闆提著一塑膠桶清水，另外一隻手拿著一大塊海綿，很親切的笑著，向我表示「我沒有第三隻手」的歉意，交代他的壯年弟弟幫我修理。因為這幾年來，我的眼鏡一直都是由他照料的，大家成了朋友，所以他並不嚴守「說話的時候雙眼應該誠懇的注視對方」那條規矩，依我的說法是「用他的後背跟我談天」，說：『這一回是怎麼碰壞的？』

『打桌球碰壞的。』我回答。我的雙眼誠懇注視的卻是他的弟弟。我跟這位老闆已經「熟」到可以「後背對著後背談天」了。

『桌球有那麼厲害嗎？』他的聲音傳了過來。『一個球就把你的眼鏡架子打彎啦？』

我一邊用手勢告訴他弟弟眼鏡壞在什麼地方，一邊也把我的解釋傳送了過去：『是我殺球的時候「後隨動作」太大。』

『「那」是什麼？』他的聲音傳了過來。

『我殺球的時候用力太猛，胳臂甩得太高，自己的球拍把自己的眼鏡架子打彎了。』我把聲音傳送過去。他的弟弟已經動手修理我的眼鏡架了。

『殺球不能輕一點嗎？』他把聲音傳送過來。

『輕了就殺不死。』如果兩個人談的不是打桌球，我的這句話是很嚇人的。

「會話」好像要結束了，我回過頭去，看見他把手伸進那個四方形的，大大的熱帶魚玻璃缸裡，正用海綿在水裡擦洗魚缸的玻璃。

『熱帶魚很難照顧。』我說。

『不難，跟照顧人一樣。屋子太髒了，人住著覺得不舒服了，你就會動手打掃打掃。我也並不天天洗缸。什麼時候我看見魚缸髒了，想到熱帶魚住著一定不舒服了，我就提一桶水來洗一洗。』他說。

我點點頭。他的眼梢一定感受到零亂的光影，所以也趕快抬起頭來跟我笑了一笑。他興致很好，又對我說：『剛養熱帶魚的時候，天天要背那幾條養魚的規矩。其實，常常到魚缸旁邊來走動走動，比什麼死規矩都重要。』

我像唐朝柳宗元聽種樹的郭橐駝談大道理似的，對他的議論也非常佩服。「沒有一定週期」的真正的關心，比冷淡的守著死規矩要緊得多。不過我所得到的「點化」，重點不在規矩的有沒有，重點全在「關心」這個觀念上。想把魚養好，就得關心魚。想把孩子教養好，就得關心孩子，不是頒布一套死規矩。

琪琪、瑋瑋跟我，合作照顧兩隻金魚。剛起頭兒，大家都很關心，早晨出門，傍晚回家，都會特地到小金魚缸旁邊去看看，去跟金魚打個招呼。那時候，「金魚一號」、「金魚二號」都很健康活潑。

後來，琪琪只顧忙自己的事情去了，像「退了股」的股東，再也不過問金魚的事。我也是，每天總有忙不完的事情，不但忘了金魚，甚至忘了有金魚缸，忘了擺金魚缸的茶几，忘了擺茶几的客廳。我不但冷落了金魚，並且冷落了「冷落了金魚的孩子」。

瑋瑋也比我強不了多少。她對金魚的最後一次服務，是在一天的晚上，認為金魚住在客廳裡氧氣不夠，就把魚缸端到走廊上去吸收氧氣。從那天以後，兩隻金魚就住在走廊牆腳下的冷宮裡，再也沒回過「家」了。一邊打電話一邊看金魚的那種樂趣，再也沒人想起了。

「媽媽」關心這個家，但是每天那一成不變的固定家事已經成為她肩膀上的一副重擔。如果還能擠出一點時間來，她寧願多照料照料孩子，不可能再為「孩子以外的其他動物」分心，因為沒有哪一種珍貴「動物」是比孩子更珍貴的，因為還有一堆紛紛掉落的鈕釦，紛紛拉壞的拉鍊等著她去縫，等著她去換新。有一段日子，她也把走廊牆腳下的那個金魚缸忘了，儘管她一向不疏忽替金魚換水的事情，一向忘不了給金魚買飼料。

一個星期天中午，我偶然到走廊上去看幾乎已經可以算是荒蕪了的花園，偶然低頭看到那個金魚缸，忍不住彎腰伸手想把它端回客廳裡去，才發現魚缸裡的水已經很髒，水面上漂滿了塵埃像浮萍。最使我吃驚的是，「金魚二號」身子橫漂著，像一艘壞了的潛水艇。我趕快去向「媽媽」求救，希望她給「金魚二號」一點幫助。

「媽媽」趕緊設法用淡淡的鹽水給「金魚二號」施行「水療」，一邊趕緊把金魚缸洗乾淨，換上清水，讓「金魚一號」有個清潔的居住環境。「金魚一號」的身體一向矯健，一回到乾淨的水裡，就快快樂樂的跳起古典的「水舞」來，像穿著長袖子宮裝跳舞的宮女。住在「水療養院」裡的「金魚二號」情形不大好。牠是一條薄命的魚，禁不起災難的考驗。牠的生命的燭火眼看就要熄滅。

我在心裡禱祝：『小傢伙，堅強起來，不要向災難低頭，應該學習忍受一次又一次的折磨，直到「折磨」自己不再折磨你。』

我向「金魚二號」懺悔：『都是我不好。我不懂得我自己每天到底忙些什麼！是我害了你。』

可是禱祝、懺悔都沒有用。上帝願意把牠帶回自己的玻璃缸裡去照料。上帝有比「水療法」更好的慈愛療法。第三天，牠離開了可愛的水的世界。

我跟「媽媽」為牠舉行塑膠袋葬禮的時候，我問自己該怎麼向瑋瑋解釋。她現在已經夠大了，不是一句『牠到很遠很遠的地方去了』這樣的話可以打發的。我當然應該告訴她實在的情形，但是不能用可怕的字眼。

『金魚二號完了。水太髒。』這是瑋瑋放學回家我跟她說的話。

『以後我來換水好了。』她說著，就到走廊上去看孤孤單單的金魚一號去了。

為了舊房子要改建樓房，我們搬到現在這座公寓裡來住。金魚一號當然也跟我們一起搬過來，跟我們住在一起。這是牠生平第一次坐搬運公司的汽車，生平第一次住在二樓；不過，卻是生平第二次住走廊。

這一回，我注意到天真任性的瑋瑋有了新的改變。她完全把金魚一號看成她的金魚，把照顧金魚一號看成她的責任。『水太髒了。』是她常常說的話。她常常給金魚換水。

有時候，我會注意到熱熱鬧鬧的家忽然安靜了下來，我就會放下書或放下筆，走到二樓後廊上去看看。瑋瑋安安靜靜的站在水槽邊，很專心的給金魚一號換水。有幾次，她偶然回頭看見我站在她背後，就會很嚴肅的說：『水太髒了！』

我也沒有完全忘記金魚二號給我的教訓，不論什麼時候，只要想起來了，就會認真的到後廊上去看看金魚一號，看牠游水游得很好，這才放下心。我知道金魚是不會笑的，我也知道只有漫畫裡的金魚臉上才有表情，但是我每次看到金魚一號，我總覺得牠是無憂無慮，笑容可掬。這到底是為什麼？

我所能找到的唯一答案，就是牠雖然受到災難的折磨，卻沒有「順理成章」的倒下去。牠的堅強表現在忍受上。如果要我在這世界上找一種完全不害人的動物，我一定選金魚。如果要我在所有的金魚中找出一條最堅強的，我一定選上「金魚一號」。

招待小狗

小孩子的心像動物園，像聖經裡那個「挪亞」所造的方舟，可以住許許多多可愛的動物。難怪兒童文學世界裡動物故事多到可以自成一類，難怪所有的動物文學都被小孩子認為是特地為他們寫的。

小孩子如果讀美國小說家梅爾維爾的《白鯨記》，一定會大刀闊斧的刪去梅爾維爾在小說藝術上的許多辛苦的經營，一定會不理文學批評家熱切指明的左一個「象徵」，右一個「象徵」。小孩子如果讀美國小說家梅爾維爾的《白鯨記》，那只是為了看鯨魚。

所有的小孩子都喜歡動物，因為動物都具有「生命之美」，那就是純真。小孩子所喜歡的大人，都是那具有生命之美的大人。這些大人，生命中充滿了純真，充滿了耶穌所說的「可以進天國」的美質。

我喜歡藝術作品：好的繪畫，好的音樂，好的雕塑，好的文學。但是把這一切加起來，也比不過一隻嫩黃色的小鴨子所能給我的感動。好的文學作品固然能使我如醉如癡，但是一隻嫩黃色的，軟綿綿的，眼中流露著稚氣的小鴨子，更能使我如醉如癡，更能使我發出驚歎。

這兩年來，瑋瑋一直盼望自己能夠像現代人所說的「擁有一隻狗」。我很同情她，但是我有我的「複雜的苦衷」。所有到我們家裡來住過的狗，最後遭遇到的命運都是「遣散」。我已經遣散過兩隻好狗：力大如牛的「赫丘里斯」跟情感真摯的「斯諾」。牠們走的時候，心中對我都不懷怨意，因此也就更使我覺得虧心。我不願意家裡再演第三齣主題嚴肅的悲劇。我雖然喜歡小狗，跟瑋瑋一樣，但是我不願意忙碌的「媽媽」因為我喜歡什麼的緣故，光潔的臉上布滿了坦然犧牲的皺紋。我是自由自在的，可以喜歡任何東西，但是我總約束我自己。一樣東西，不管我多喜愛，只要是會在她光潔的臉上增添一道皺紋的，我就勸告自己不要去喜歡。

如果說我是像動物那麼純真的一個人，那麼，我的純真也只是「像」，並不十分「真」。我的純真也有相當嚴肅的一面，那就是不能純真到大量享受關心我的人為我付出的犧牲。純真的小孩子進天國是不受盤問的。我進天國一定得在城門口交出我的帳冊：『我雖然有時候不愛小動物，那是因為我怕「媽媽」太勞累。』

我不敢希望「天使長」把一個光輪戴在我頭上，只希望他在我的帳冊上蓋一個「兩訖」的戳記。

瑋瑋因為心裡有狗，所以她的「狗新聞」一向比我靈通得多。許多日子以前，她只要有機會跟我談話，就會告訴我一個「好」消息：她的好同學家裡的狗媽媽快生小狗兒了，她的好同學已經答應到時候「也許」送給她一隻小狗兒。

我對這件事不發表任何意見。只有在她緊釘著問『到時候你答不答應？』的時候，我才暗示的回答她說：『狗會大便，也會小便。狗盤子、狗碗一天要洗三次。印了狗爪子印兒的床單要洗，狗蝨要消除，狗毛要梳理，狗飯要有人準備。我要寫稿，你要做功課，你想叫誰來做這些事情最合適？』

『媽媽！』她說。

我搖搖頭。

『難道我就不可以養狗啦？』她說。

你永遠不要把孩子的抗議當作一件極端嚴重的事情來看待。抗議是小孩子「抒情」的方式之一，那意思是：『真令人失望！』

不過我是知道瑋瑋的性格的。她有「使願望成真」的固執，只有在願望成真以後，她才會變得很寬厚。如果讓她做「兒童權利宣言」的起草人，總綱的第一條必定是：『我們深信天賦兒童以獲得一切經驗的絕對權利，不因膚色、國籍以及在兄弟姊妹間的排行而受到任何剝奪。』她會用這種「現代文言文」，這種「美國新聞處的中文」繼續寫下去：『我們更相信這種獲得一切經驗的權利，完全是屬於個體的，含有身歷的性質，並非透過語言而傳授所能代替。』

為了獲得新鮮經驗，她會固執像暴君。獲得經驗以後，「滿意」使她變得非常好商量，非常有人情味像一位「仁主」。

星期三的下午，我在樓下揌門鈴，對講機傳過來瑋瑋愉快的聲音：『誰？』

『爸爸！』我說。

她很快的按鈕打開了電鎖。我乘電梯上了二樓，她已經打開廳門站在電梯口迎接我了。『暫時的。』她說。

我走進客廳。客廳裡有一隻「咖啡．黑．白」三色的純真的小狗。客廳的中央鋪著一張報紙，報紙上擺著一個紅色的塑膠盤子，盤子裡是乾淨的白米飯。客廳裡有一種氣味，是健康的小狗拉出來的「小」大便的氣味，但是我在地板上找不到那一堆發出這樣氣味的「金字塔」。

三色狗有點兒怕我，邁著四拍子的小步兒躲進沙發底下，不肯出來。瑋瑋伸手去拉牠，把牠抱在胸前，替我們介紹：『你放心好了，暫時的。我只要招待牠幾頓飯。伯母說，如果爸爸、媽媽答應，就送給我。你能不能答應？』

『讓我先看看這隻狗。』我說。

這隻小狗很肥很軟，長得很健康，身子有相當的分量。那雙眼睛又亮又黑，流露著純真。

『你能不能答應？』瑋瑋說。

『很可愛。』我說。

瑋瑋懂得我的說話藝術，就很有人情味的說：『那麼讓牠住兩天半好不好？星期六下午我就送牠回去。』

『很可愛。』我說。其實我也動心了。兩天半有什麼關係，又不是兩年半。但是「媽媽」在廚房裡炒菜的聲音使我想起從前的經驗，想起從前那一段「有狗的日子」裡，這位就業婦女怎麼為了照料三個孩子跟一隻狗，忙得臉色發黃。我遲疑起來了。

『累不累，也不過只有兩天半。』我能這麼想嗎？

我坐在書桌前面，打開一本該看的書，想到這一篇那一篇充滿人情味的稿債，心中發愁。我的聽覺變得非常敏銳，傾聽著客廳裡傳來的小孩子跟狗的聲音。

我聽到可愛的小客人忽然放聲大叫，抓著紗門，一定要到後廊上去。我聽到瑋說小狗是去拉大便的。這真是一隻懂規矩的狗。我聽到瑋瑋到處找不到一塊布給小狗蓋身子，因為小狗已經在沙發上睡著了。這都是很令人動心的。

開飯的時候，我看不見那隻小狗。瑋瑋指給我看，原來小狗已經蓋了一塊布，在「媽媽」買菜用的一個方形塑膠菜籃裡睡熟了。

小狗睡得很甜，像一個嬰兒。看著那「平安」氣氛，我心裡有很大的感觸。牠真是一隻懂得「人生」的狗，隨時隨地享受平安福。牠大概不會去迷信法國那位神祕的預言家所寫的那本可怕的書《大預言》，一口咬定人類跟大部分的動植物會在西元一九九九年毀滅。人間的平安福，只有不失去純真的人才享受得到。

我真喜歡這個睡在塑膠搖籃裡的小天使，不過我也不願意在「媽媽」臉上增添勞碌的皺紋。瑋瑋要接一隻狗到家裡來住，她辦到了。現在，正是我可以勸她的時候了。

她點頭答應，並且打了一個電話向好同學道歉。吃過晚飯以後，她抱著狗，我陪著她護送小客人回家。父女兩個心中完全沒有一點芥蒂。我們談得非常愉快。我說過，瑋瑋在獲得她想獲得的經驗以後，會變得很寬厚像一位「仁主」。

瑋瑋帶我到她的好同學的家。伯母非常諒解瑋瑋的苦衷，並不認為瑋瑋是一個拿不定主意的人。瑋瑋的伯母是很了解小孩子的。

我們回家的時候，瑋瑋告訴我說，她將來還是要養一隻狗，這一次可以暫時不要，意思是她也原諒了我了。

我知道我是有狗緣的人，但是我常常把已經來到我身邊的小天使送走。

龐大的朋友

瑋瑋把臺北市動物園裡那兩隻駱駝看作她的朋友。她常常拿動物園小山坡上的青草去餵駱駝，讓駱駝「在她手上吃東西」。『我那兩隻駱駝！』她說。她對駱駝的讚美是：『真像一個人！』我可以從她眼中流露的感動，知道她真正想說的是：『生命真是奇妙！』

小孩子在動物園裡可以學到的東西很多，其中最珍貴的，就是對「生命」的認識。人跟動物都是「動物」，彼此有一點最相像，那就是大家的身體裡都有一個可愛的生命。

我也是。我一看到駱駝，就會想到我自己，儘管駱駝並不上班。我在辦公室裡看到一位訪客光臨，我身體裡就會有一樣東西，讓我滿心高興的趕快站起來，走過去迎接。駱駝也是。駱駝一看到我跟瑋瑋站在柵欄邊，就會高高興興的走過來，伸長了牠那特別容易伸長的脖子，跟我們親熱。可見駱駝的身體裡，也有跟我們相同的那一樣東西。我甚至相信，讓我走過去的跟讓駱駝走過來的，根本就是同一個東西！我跟駱駝的不同，只不過是種族的不同罷了。

瑋瑋的眼中流露著對駱駝的讚歎，那是我能夠了解的。如果有一天，我聽到紙盒裡的一條蠶說：『我這裡一片桑葉也沒有，肚子好餓！』我也會發出同樣的讚歎。這條蠶太像一個人了。如果我問這條蠶：『你餓了多久啦？』如果牠回答說：『四個鐘頭啦！』我會發出更大的讚歎。

駱駝對許多事情的反應，實在太「合情合理」了。牠看見小孩子來看牠，就會走過來打個招呼。牠看見小孩子要請客，就會伸長脖子來領受。駱駝不是「人」是什麼？

在瑋瑋的心目中，駱駝是一隻「最大的狗」，大到超出她所敢盼望的。她第一次看到駱駝，簡直嚇住了，說不出一句話來。她知道那不是「機器」，那是活的東西，也是「一種狗」，一種「駱駝狗」，或者「狗駱駝」。這種狗有五十隻狗那麼大。

如果這隻駱駝是不受管束的「野人駱駝」，瑋瑋第一眼看到牠，一定會掉頭就逃。瑋瑋夜裡會做很不好的夢，夢見她自己在一條沒有盡頭的公路上奔跑，駱駝在後頭不分日夜的追著要吃她。但是在動物園裡，這隻駱駝是「出不來」的。瑋瑋可以安心的看，像看一個巨人關在鐵籠子裡。

她第一次看到駱駝，會有什麼樣的感覺？這是我可以想像出來的。這就像我看到一隻像西北航空公司的班機那麼大的蜻蜓，就像我看到一朵像降落傘那麼大的荷花，就像我看到波濤洶湧像海那麼大的池塘。

對每一個小孩子來說，世界上最可愛的「大」，是「大」加上「馴服」的那種「大」。單純的「大」會使小孩子感到震驚。馴服的「大」使小孩子覺得自己超越了「大」，能控制那「大」，心裡就有了喜悅。小孩子都喜歡百貨公司玩具部的布熊，那是因為該咬人的熊做成玩具就不再咬人了。不過，如果不是父母親一再的說「太占地方」，小孩子最喜歡的實在還是賣得很貴，比小孩子的身體還大一倍的那一隻最大的布熊。

瑋瑋小時候，我給她講巨人的故事。我形容巨人有多麼大的時候，她聽了非常吃驚。我講到巨人哭的時候，她聽了就放心的笑了。會哭的巨人就像玩具部那隻龐大無害的比兩個小孩子還大的大布熊，就像動物園裡「出不來」的駱駝。

我出生在沒有沙漠的中國南方，不容易看到駱駝。小時候，有一次，很難得的看到一個趕駱駝的人拉著一隻駱駝在街上走。街道兩邊的店鋪跟住家，都大喊大叫的把自己的孩子集合在門前來「受教育」。我是過路的小孩子，第一次看到駱駝完全是運氣，並沒有父母在身邊指導，所以不能算是「家庭教育」。但是我覺得自己像一個歷險的神童看到了一隻恐龍，回家的時候因為興奮幾乎喪失了語言機能，結結巴巴的大聲向一家人報告：『我看到一隻真的駱駝！』

駱駝是很醜的，是很不漂亮的動物。我每次看到駱駝，總以為牠有病，正在掉毛。牠身上的毛，像荒地的野草，這裡一堆，那裡一堆，稀疏零落，遮蓋不住那一層難看的駱駝皮。牠像一個理髮理一半的人有事走出理髮廳。

牠的腳很大，很厚，像郵局裡那圓形的郵戳，也像一個沾滿灰土的髒包子。科學家對那四隻難看的腳有個說明：那是駱駝的祖先為了避免四腳陷進細軟的沙裡才這麼安排的。

駱駝的小腿很細，細得特別難看，細得像「甘地」的腿。我想這又是駱駝的祖先的安排。那小腿細得幾乎只剩骨頭，光滑得只剩一層皮。這種「結構」能減少風的阻力，而且避免地面上亂七八糟的東西絆住牠的腿。我的意見是，牠把小腿的肉都讓給肥美豐厚的「駝掌」了。這是一種「不超出預算」的轉移。

駱駝是喜歡跪拜的動物，所以牠的膝蓋不但肉多，而且有一層又粗又厚又起皺的皮。科學家說，那是牠下跪的「跪墊」。跪墊固然很實用，但是又使駱駝在膝蓋方面寫下了一個紀錄：全世界最難看的膝蓋。有一位不莊重的朋友說，駱駝的膝蓋最叫怕老婆的丈夫羨慕，那種膝蓋就是跪三天三夜的算盤也不算一回事。

駱駝的頭部還算英俊。牠的眼睛是「驕傲」的，因為牠的雙眼幾乎是長在額頭上。其實在平坦的沙漠裡，眼睛長高一點是有好處的。牠可以比誰都看得遠。難看的是駱駝的鼻子，那是扁平的，幾乎沒有鼻梁的。鼻子前端有上下兩片嘴唇似的肉，可以由駱駝的意志來操縱控制。我的意思是，駱駝媽媽可以對小駱駝發出這種不近情理的命令：『快閉上你的鼻子！』

沙漠裡有可怕的大風沙。駱駝如果不懂得閉上鼻子，駱駝的肺就要變成沙袋了。

瑋瑋喜歡動物園裡那兩隻厚道善良的駱駝，是因為那兩隻駱駝對人的心意有感應。那隻駱駝只要看到柵欄邊有人，就會走過來跟人親近親近。在非洲跟近東地方，駱駝是農人的助手，通常跟農人一起在田裡工作，所以駱駝跟人是不陌生的。

兩年前我第一次帶瑋瑋去看駱駝，瑋瑋對那「恐龍」有點兒怕怕。駱駝當時正好站在自己的宿舍門前，也並不怎麼想過來。我彎腰拔了幾棵青草，拿在手裡搖晃著，說：『駱駝，請過來一下兒！』

其中的一隻駱駝，擺出「好吧」的神氣，懶散的走了過來。另外一隻不理我的駱駝，一看到朋友有了行動，忽然快步跑了過來，把朋友擠開，搶先吃了我手裡的青草。瑋瑋對這兩個有感應能力的大朋友發生了興趣。從此以後，她就成為熱心的動物園遊客，心甘情願的用自己的壓歲錢在售票口買一張「看駱駝的門票」。她給那兩隻駱駝取了名字。性情和順的那一隻，名字是「駱駝」。對自己的同伴不大講理的那一隻，名字也叫「駱駝」。

駱駝不懂得微積分，但是牠照樣可以跟數學很好的人有基本的交往。這件事情使我發生了很大的興趣。我認為一切動物之間，都有一種基本的心意感應。這個基本的心意感應，使善意的傳達成為可能。人類社會並沒好好兒的運用這個「心意感應」來傳達善意，反而大量運用它來傳達偏見，傳達不佳的情緒。

我最覺得驚奇的，是駱駝跟小孩子之間竟可以有友誼存在。這友誼，就建立在基本的心意感應上。在駱駝那一方面，牠純真像一位君子。牠「平等」的接受任何人對牠表示的善意。在小孩子這一方面，意義就更豐富了。小孩子會覺得駱駝特別喜歡他，會認為駱駝認識他，會特別愛惜這一份珍貴的友誼。孩子會想念駱駝。孩子獲得的，比駱駝更多。人類如果懂得跟「善意」親近，所獲得的一定比一切動物更多，更豐富。

每次我聽到瑋瑋說：『能不能陪我去看駱駝？』

我心裡總是非常願意非常願意的，因為我實在也很想回去「上課」。

靜心看金魚

看到那金魚缸，我就會想起石門水庫。如果石門水庫的攔水壩整體都是用透明度極高的玻璃製成，我們這些小螞蟻還能夠逍遙自在的欣賞壩上風光，還能夠在身邊有水牆千仞的情況下，寧靜的散步在林蔭道上嗎？恐怕我們只有逃了。

金魚缸把液體托在掌中成球體，這真是偉大的物理。在那孤懸在空氣中的水球裡，有幾棵綠色的水草，有兩條紅色的富貴金魚。這景象，常常使我陷入沉思。沉思有時候竟成詩，我心中就有不少的話想跟金魚說：

玻璃缸拘束了水，
水限制了你
　活動的領域。
你像一首格律詩，
更像唐人的絕句，

在重重的束縛裡
　游出了
　　種種的水舞。
我說，金魚，
你的存在方式
　也就是
　詩的存在方式：
只有心寂靜
像客廳寂靜，
我們才能讀詩
　像看金魚。

不知道從什麼時候開始，我在充滿噪音的現實世界裡為自己造了一個神祕的小天地像一魚缸的水。那一玻璃缸水就是人的大腦，人的胸懷，人的心，我認為。那一隻或者那一對金魚，在水裡上下游行的，是人的思想。那幾棵綠綠的水草，是揮不掉的記憶，它對金魚的游行是礙事的，但是有時候也能增添金魚的美。金魚從水草邊游過就像白鷺從西塞山前飛過。魚缸裡的水如果是水波不興像一個寧靜的海，創造的柔情就會注入金魚多采多姿的鰭尖，使牠上上下下的游出美妙的水舞。

如果缸裡的水混濁像一個憂慮的海，金魚就會憔悴如浮木。如果缸裡的水激動像一個憤怒的海，金魚就會躍出魚缸，掉落地板像魔鬼附身的豬衝下了懸崖。每天每天，在噪音造成的世界裡，要想維護一缸水的寧靜，就只有靠適當的自制像那一層玲瓏剔透的玻璃了。

我每天上班、下班，像每一個現代人，但是我總是那麼喜歡看金魚，像一個古人。我坐在柔軟舒適的沙發裡，身邊有美術燈像一朵鬱金香。電視新聞在報導越南戰場和石油糾葛的消息，我卻被几上魚缸裡一場靜靜的水舞所吸引。我的精神融入了古代。

中國的南方是金魚的家鄉，中國人在一千六百多年前就發現了上帝的這一件美麗的創造，因此金魚是很傳統的。在西歐人還沒見過金魚的時候，中國文人已經深懂看金魚的藝術，把它當作精神修養的一種方式。我喜歡看金魚，因為我是很中國的。

所謂傳統的，應該是指那困擾外國求知者的東西。所謂傳統的，應該是指我們在它裡面游得很自在，卻並不需要費心思解釋的東西。不要以為我是一個研究金魚的人。我只不過是在金魚書裡游過，我的水程裡甚至不見書名。可是我知道什麼樣的金魚才是上品，幾乎像一個行家。這就跟我們對拿筷子的方法都很內行一樣，不值得驚奇。中國人都不必個個是研究中國古典文學的學者，但是個個卻能隨口吟出「春眠不覺曉，處處聞啼鳥」，像一個專家，像一個英國人引用一兩句莎士比亞。

金魚最動人的是牠的水舞，但是那水舞卻不能帶一點邪氣。中國文人最欣賞的水舞，是那美妙的動作能使人心靜像一段太極拳。上品的金魚，在水中起落游動，舉止應該穩重平正，應該能使看魚人獲得精神上的鬆弛，心境上的寧靜。如果一條金魚有過分的誇張俯仰動作，就容易引發看魚人的激動，勾起他不愉快的回憶，或者使他陷溺在憂傷裡像屈原，或者使他落入憤怒、驕狂、邪惡、報復的魔境而不自知。

下品的金魚是喜歡在水中奔竄的金魚。牠的動作是突發的，跟前一個動作並沒有延續的關係。這種金魚有時候會驚動看魚人，有時候會使看魚人心亂並且感覺心神的疲勞。

金魚的體態有千種，但是大家欣賞的上品金魚，卻是詩經衛風〈碩人〉篇所描摹的那種模樣，既端莊，又大方。上品的金魚要長得豐滿均勻。身體渾圓，可是必須端正。眼睛要大而淳厚，並且要對稱。嘴要大，但是不能不圓。尾巴也必須是大大的，張開像美麗的降落傘，但是必須四平八穩，柔軟不僵硬。

我們在金魚身上，不但可以讀到大學、中庸、論語，而且還能讀到一點老子，一點莊子。有時候，我甚至覺得金魚象徵了中國的人生哲學。

西歐是到了十八世紀才培養金魚的。有的書上推斷不該那麼晚，但是也只能往前再提早兩個世紀。就算十六世紀西歐魚缸裡就開始游動著中國金魚，那也比我們晚了一千二百年了。日本人懂得看金魚的藝術可能比西歐人早些。金魚游過東海，總比橫渡太平洋或者從印度洋繞過非洲南端的好望角進入大西洋方便。在西歐人的眼裡，有金魚在客廳總是非常富於東方色彩，富於中國色彩的。只是我有點擔心，西歐人在金魚身上所能讀到的，恐怕只有瑞典科學家林奈的生物分類學吧。

在中國，不論是王謝的宅第或者尋常百姓家，都有那麼一個缸，養著那麼三五對金魚，而且家家總會有個愛看金魚的人。有些庭園裡，有美麗的魚池，而且為那魚池造假山，搭小橋，蓋亭子，種樹，為觀魚安排最舒適的環境。賣金魚的人家，更是一個方池連著一個方池，大缸挨著小缸，成為出色的金魚博物館。

在現代，熱鬧的大街上到處有水汪汪的水族店，接受方形容器可以供應更多氧的理論，用方形玻璃箱出售熱帶魚，但是，在那角落上，仍然有一兩箱金魚，寧靜的，非奔竄的，舞著曼妙的水舞，似乎並不覺得同一個店裡那個紅得發紫的新興族類的存在。小鎮的街頭，也仍然有壯漢推動載著玻璃箱的腳踏車，掛著寫了「一元二尾，五元三尾」的小紅紙牌，在那裡靜靜的賣金魚。剛放學的民族幼苗，會圍在腳踏車旁邊看，高高舉起拿了兩張小鈔票的手，換半塑膠袋的水跟一條小金魚，快快樂樂的提回家去。中國孩子還是喜歡有本土氣息的金魚的。

金魚的美麗名字使我著迷，但是也困惑過我。金魚的顏色有漆黑像黑夜的，有雪白像白雪的，有純紅的，有大片紅斑的，有細碎紅點的，有紅白黑雜花的，甚至有青銅顏色的，雖然我還沒見過。可是，金魚從來沒有渾身金色的，那樣的金魚一定會給人極恐怖的感覺。那麼，一千多年來，我們為什麼一直親切的喊牠金魚、金魚？

也是我的書提醒了我。金魚的鱗片，在光裡，總是若隱若現的閃爍著美麗的黃金色澤。正像我們把並非純綠的一種名酒叫「竹葉青」一樣，我們把並非渾身金色的魚叫金魚。一切都從淡淡之中去品嘗那意味，像品嘗淡淡的陶潛的詩。金魚的名字也是很東方的，很中國的。

女園長

瑋瑋有一次發牢騷說：『為什麼家裡養東西都要媽媽答應？』

『因為我們要先知道媽媽忙得過來忙不過來。』我笑著說，儘管我知道瑋瑋聽不懂我的這句話。我確實看到瑋瑋的眼睛流露著『為什麼？』的神氣。

我記得有一次我帶櫻櫻、琪琪、瑋瑋去逛動物園，去給駱駝跟長頸鹿拍彩色照片。櫻櫻發表感想說，她很希望將來能當動物園的女園長。我也笑著說：『那是媽媽！』

我相信櫻櫻最初也沒聽懂我的話，但是後來她哈哈大笑，我就知道她聽懂了。

「媽媽」在家裡確實是動物園的女園長。在這「動物園」的最盛期，她管理過白狐狸狗「斯諾」、一對不和睦的小黃鸚鵡夫婦、三隻「七姊妹」，還有「金魚一號」、「金魚二號」、「金魚三號」。那時候，在三個孩子的心目中，這九個「動物」都是她們養的，因為她們每天放學都沒忘記去「看看」。

這一次因為舊房子要改建，我們搬了一次家。在搬家以前，家裡的動物園事實上已經不存在了。那一對不和睦的小黃鸚鵡，早已經雙雙成了「天國鳥」。白狐狸狗「斯諾」，早已經「過繼」給一位愛狗的朋友，成為別人家裡的一分子，大家一直懷念牠像懷念一隻「神仙狗」。瑋瑋親自餵過一次青菜葉的那三隻「七姊妹」，也都已經先後回到了天上。「金魚二號」和「金魚三號」，按瑋瑋的說法，是「在水裡不見了」。我們搬家的時候，家裡的動物園成為全世界最小的動物園，因為這動物園裡只有「一個」動物：屬於「脊椎動物門．魚綱．硬骨目．喉鰾亞目」的金魚。不過這樣說反倒陌生了。應該說家裡只剩下孤孤單單的「金魚一號」了。

剛搬的家，要做的事情特別多，大家幾乎把「金魚一號」也忘了。真正關心那隻孤單的金魚的，只有「媽媽」一個人。她沒忘記添魚食，沒忘記給金魚換水。她管理世界上最蕭條的一個動物園。

生活漸漸安定下來以後，瑋瑋就抱怨了：『家裡東西太少！』她的意思是家裡沒有什麼好玩的動物。她最初是對二十五塊一隻的小烏龜發生了興趣。有一天到同學家去玩，回家的時候，手裡提著兩個裝了水的小塑膠袋。一個塑膠袋裝的是小烏龜，只有一寸多長，薄薄的殼兒，小小的腦袋，看起來很像薄鐵皮做的兒童玩具。另外一個塑膠袋裡裝的是幾塊白色的小石頭跟兩隻只有五、六分長的小魚秧。她找來兩個小塑膠盆子。一個是擺白色小石頭的，那是小烏龜住的。另外一個塑膠盆就用來養那兩隻小魚秧。小魚秧細得像兩根小鐵釘，完全沒有觀賞價值。那是帶回來幹什麼的？

我童年也養過小烏龜，不過都是五、六寸長的。我從來沒見過一寸多長的真正的「小」烏龜。看到這小烏龜，就像看到一匹五六寸長的駿馬在書桌上走動似的，心中充滿驚奇的感覺。我走進想像的世界。如果瑋瑋能有這樣的一個動物園：面積只有飯桌的桌面那麼大，園裡的樹都只有六七寸高，樹下走動著一寸長的兔子，一寸半長的狗，四寸長的犀牛，六寸長的大象——她一定會很快樂，我也會很快樂。如果我們真遇到一個能替我們辦這件事的神仙。

有一段日子，瑋瑋對我帶回家的一塊錢硬幣很關心。每天我下班回家，她就拿著黃色的小肥豬來看我。她把黃色的小肥豬放在我面前，說：『今天有沒有？』我每天總要「樂捐」一兩塊錢。我是直到後來才知道的，那是她的「第二隻小烏龜基金」。

有一天，她又到同學家去玩，又帶回來兩個裝了水的塑膠袋，仍然是一個塑膠袋裝小烏龜，另外一個塑膠袋裝白色的小石頭跟小鐵釘那麼細的魚秧。家裡小烏龜的「人口」增加了一倍，魚秧的數目也增加到四條。

我不得不問她那魚秧是做什麼用的。她表情嚴肅的說：『只好養下來了。』

『難道你本來不是帶回來養的？』我說。

『本來是給小烏龜吃的。』她說。

我大吃一驚。

瑋瑋告訴我，買一隻小烏龜，賣烏龜的就會告訴買的人順便買兩條魚秧回去給烏龜吃。瑋瑋親眼看到賣烏龜的把一條魚秧扔進盆子裡去，盆子裡幾十隻小烏龜都擠上去搶魚，一下子就把魚秧咬死了。她看了很不忍心，所以決定養小烏龜也養小魚。

我承認小烏龜是很可愛的，但是我對小烏龜謀生的方法沒法子接受。我童年參觀過越南西貢市的動物園，看見蛇籠裡放著一隻活雞。我現在還能記得那隻雞的神態：身體緊貼著籠邊，縮成一團，嚇得腿軟，站不起來，沒有力氣啼叫喊救命。那條暫時不想吃東西的大蛇，流露出「先睡個午覺再說」的懶洋洋的樣子，正好是一個強烈的對比。我看了心裡非常不忍。我認為那樣的動物園是會使遊客難過的。

瑋瑋處理得很對。她很仁慈的對待「小烏龜的食料」。

家裡有一隻金魚，兩隻小烏龜，五條小魚。但是瑋瑋仍然覺得「動物太少」。有一天，她又帶回來七條蠶，是同學送給她的。她有蠶，但是沒有桑葉，要媽媽幫忙。七條蠶所能消耗的桑葉並不多。媽媽每天下班經過種桑樹的人家，招呼一聲，隨便摘幾片桑葉回家，也就足夠應付了。

瑋瑋對這幾條小蠶倒是照顧得十分周到，大部分的事務都是親自料理。我很欣賞她這個作法——親自料理。如果她能始終保持這種精神，我倒不反對她擴大家裡的動物園，不管是貓啊，狗啊，天竺鼠啊，鴿子啊，八哥啊，我都歡迎，只要她能親自料理，不增加媽媽的工作。瑋瑋告訴我，對這幾條蠶，她已經有一個「繁殖計畫」。她希望有一天她有一百條蠶！我每天陪她觀察蠶的生長，從「兩公分」看到「五公分」。我看到肥肥圓圓的大蠶吐絲像給自己編織一個睡袋，然後從裡面把睡袋封了口，然後躲在那個睡袋裡變一種魔術，使自己像「蛇」那樣的身體變成有翅膀的「老鷹」。牠咬破睡袋出來的時候，你簡直不敢相信自己的眼睛。牠是「爬」進去的，現在卻「飛」出來了。

這些蛾子的最大任務是下卵。下過一個小黑點兒一個小黑點兒的卵以後，這些蛾子就安息了。牠對生命已經有了交代，就不再管這世界的事情了。

這些小黑點兒很快的變成「蟻蠶」，很快的長到「一公分」。桑葉的消耗量越來越大了。媽媽每天增加的一個新工作就是找桑葉。附近種桑樹的人家都拜訪過不止一次了。她不好意思再去，幸好發現菜市場也賣「一枝一塊錢」的桑樹枝，這才解決了蠶群的糧荒。

我說「蠶群」，因為蠶的數目確實不少。有一次，我偶然打開那幾個大紙盒一看，原來瑋瑋已經有了一百多條肥肥圓圓的大蠶！她的繁殖計畫已經成功了。

不過我每天中午看到的一個家庭生活場景卻使我微微覺得不安：媽媽坐在矮凳上，用衛生紙把溼的桑葉一片一片的抹乾，細心的給那一百多個食客擦桑葉。她一邊擦桑葉，一邊打盹兒。她的午睡已經被剝奪了。

我想瑋瑋現在應該可以為自己提出來的那個疑問找到答案了。

『為什麼家裡養東西都要媽媽答應？』她是這樣問的。

蟬鈴的聯想

像熱情的古巴樂隊的恰恰鈴，像中國北方古老的串鈴，蟬的叫聲恰恰恰恰，恰恰不停。說不出我有多麼喜歡聽。

這房子的主人，在蓋大樓的時候，苦心保全了一棵兩層樓高的大樹，給二樓的住戶留下一窗樹影。他沒有想到兩年以後，會來了我這樣一個租窗戶住，租樹影住的租戶吧？我不是也沒想到我付出的租金也包括夏天一樹蟬鈴的費用嗎？

蟬鈴在前，蟬鈴在後，蟬鈴在左，蟬鈴在右。這押韻的形容，透露了我怎麼樣在大都市裡享受一種特權：住的是空中的蟬樓，盡情享受的是蟬的演奏。這個區域並不寧靜，日日夜夜要忍受汽車排氣管的噪音迫害。在人衰弱的日子，你會情願跪在樓板上向馬路上火箭似的穿梭對射的機車求饒，像史前人跪倒在塵埃裡求天上的雷神息怒。但是只要蟬鈴響，一切都會改變。蟬鈴能搖醒你五種沉睡的心靈感官，使被車聲磨傷發炎的聽覺得到撫慰。

蟬鈴是滿山的綠樹，樹林裡有帶著淡淡苔痕的石砌小徑，白色的石板上跳動著金色黑色的光影。小徑盡頭是白熱白熱的石階，石階頂上是一座黃黃紅紅的寺廟。蟬鈴是一棵像一把大傘的龍眼樹，樹下是一片黑黑的陰涼地，陰涼地裡有一把沒人坐的舊籐椅。圓圓的陰涼地外邊，是一片冒熱氣的白色平原。蟬鈴是一個大大靜靜的客廳，窗外千片萬片的綠葉成了千層萬層的簾子。不是千層萬層的簾子，是千層萬層的篩子，把憤怒的太陽篩成做夢的北極光。

蟬鈴是滿山的泉水聲，淙淙淙淙，在腳邊淙淙，在路旁的草叢裡淙淙，在竹林裡淙淙，在頭頂上，那幾塊大石的縫隙裡淙淙。蟬鈴是樹海裡的浪濤，從山頭響到山腳，從前山響到後山，從一個村子響到一個村子，從一座橋響過一座橋。山山水水，橋橋路路，只要有樹，就可以聽這大地的風琴。蟬鈴是冰淇淋車子的喇叭，在巷子口，在牆根，在大戶人家石頭獅子的臺座邊，對一個里，一個鄰，對所有從學校籠子裡放出來的會讀書的小麻雀發出召集令，叫開了每一個午睡的大門，叫所有的小孩來交錢，交錢買冰冰。

蟬鈴是大地的蒸籠發出來的香氣。蒸熱了的葉子，蒸熱了的草，有一種香氣。蒸熱了的棕櫚樹，蒸熱了的柏油路，有一種香氣。蟬鈴是大地的烤爐發出來的那種香氣。烤得燙手的屋瓦，烤得燙手的牆，有一股香氣。竹竿上，鐵絲上，烤得酥酥的白衣服也有一股香氣。

蟬鈴甜得那麼合適，是溼漉漉剛從井裡撈起來的滴水的西瓜。蟬鈴酸得那麼恰當，是從漆得那麼白，字寫得那麼紅，鋪著那麼白的毛巾，擺著那麼晶瑩的玻璃杯的那口木箱裡，輕輕掀開蓋子，滿滿舀出來的一杯冰鎮酸梅湯。

蟬鈴是柳樹下的溪水，是小孩子坐在石頭上用雙腳去撈取漂過的樹葉船的那種溪水，那麼樣的冰，那麼樣的滑。蟬鈴是有白沙的海灘，海水那麼清，那麼淺，那麼平靜，那麼沒風沒浪。你在燙腳的沙灘上跳著，一腳踩進海水，一下子得到了撫慰，那麼冰，那麼涼。在那一層薄薄的水皮下面，是太陽狠毒的熱力穿不透的晶瑩的水世界。蟬鈴是北窗吹來的一陣過堂風，是一床剛用乾淨的溼布抹過的涼蓆，是一本寫得十分有味的書，是一場使人睡睡醒醒的午覺。

蟬鈴真能擋熱。蟬鈴一響，把我肉體的五種感官輕輕放進了搖籃，把我心靈的五種感官一個個搖醒。使人要瘋的車聲隱退了，使人要狂的燥熱也隱退了。

蟬鈴是輪奏的，一樹一樹輪奏的。為了聽蟬鈴，二樓每一個窗口我都站遍了。哪一個窗外有蟬鈴，我就到哪一個窗口去聽，我就可以看到一棵可愛的樹。這個城市裡，樹海已經不容易看到，但是總算有許多好心人給好樹留後。樓房雖美，也要有綠葉來扶啊。

蟬鈴也是虛幻的。有時候聽著，蟬鈴在樓下。有時候聽著，蟬鈴在三樓。有時候聽著，蟬鈴在後廊。有時候聽著，蟬鈴在客廳。

最快樂的，是懶懶的星期日手裡拿著書，聽見蟬鈴就在臥室窗外的樹上。我會讓書滑落，讓我的肩膀從椅背上滑落，半躺著享受夏日的沉醉。

恰恰恰恰恰，蟬鈴蟬鈴，你搖我睡吧。

卷二

斯努彼的故事

螞蟻和我

童年，我最喜歡螞蟻這懂得排隊的細小動物。螞蟻列隊前進的時候很有威嚴，好像整個世界都是牠們的。我看不見螞蟻的表情，不過我總是推想牠們的面孔是嚴肅的，從來沒想過牠們會是嘻皮笑臉或者笑容可掬的動物。小孩子最喜歡蹲在地上看螞蟻行軍，不是蹲在一邊檢閱，喜歡的是看螞蟻通過兩腿的拱門像法蘭西軍隊通過凱旋門。我總認為英國《格列佛遊記》的作者「史惠夫特」寫小人國軍隊在格列佛的「腿的拱門」下通過，是不知不覺的搬出了最難忘的童年的美好經驗。

螞蟻最使小孩子著迷的是牠們那天生的敏銳的紀律感，一個跟著一個，幾乎從來不發生「超車」事件，而且隊伍旁邊也不派糾察員。牠們並沒有學校，到底是怎麼學會排路隊的？那單行縱隊是怎麼來的？這些疑問使我深信牠們也是「人」，我的意思是牠們可能是有思想的，因此我急著想看到牠們臉上的表情。表情是思想的影像。

小孩子有時候把螞蟻隊伍當作河流看待，我也是。一看到那河流，我最大的興趣就是去探索河流的發源地。我迎著螞蟻隊伍走。我彎腰低頭，像是在那兒尋找失落的一個硬幣。經過「千山萬水」，我最後總會找到一個蟻穴像一個噴泉的泉口，不斷的湧出一股黃褐色的細流來，然後，我再順流往回走，去看螞蟻河的下游，最後，我會找到牠們的新居。

隊伍有時候是雙線，像百貨公司的自動扶梯，一隊向東，一隊向西，看得人眼花。遇到這種情形，大半就跟運輸有關。兩隊螞蟻，一隊是空手的生力軍，另一隊就是凱旋的搬運夫。

儘管我所看到的螞蟻都應該是螞蟻世界裡的成人，但是我總把牠們當作孩子看待，看成淘氣的小狗、小貓、小鴨或者小雞。因為牠們身材小就認為牠們是「小」動物，所以我看到螞蟻隊，心中就會有看到一百隻小鴨鴨排成隊伍的那種激動和興奮。

我看到離群的螞蟻，心中會湧起更大的好奇，更大的興奮。形容那種興奮心情雖然不很容易，不過也值得試試。童年我住在廈門，我的家離海軍陸戰隊的營房不遠，每天總有一次看到陸戰隊精神飽滿的列隊經過大門前，到中山公園去操練。軍服是黃的，軍容是壯盛的。中隊長都有雪亮的長指揮刀，刀出鞘，用右手舉在右胸前，隨著右臂的自然動擺動，那刀就在陽光下發出刺眼的閃光。

在我的心目中，整個陸戰隊伍是巨人的隊伍，那舉著指揮刀的軍官幾乎就是天神。看到軍官從我面前經過，我就會幻想我是小孩子群中的英豪，走到隊伍前面去跟那軍官接觸，摸摸他的皮帶，扯扯他的軍服，或者竟伸手去接他遞過來的神聖發光的指揮刀。我完全知道這是白日夢，但是我對這一天一次的白日夢一點也不覺得羞愧。我崇拜他，到了極點。

有一天，我一個人走進院子裡，覺得眼前有一團黃色的光像一個停落在院子裡的太陽，抬頭一看，眼前站的就是那個舉著指揮刀的軍官，他離群走進了我的家像天神降臨。我一直希望能夠近看，能夠觸摸的威武的軍官，一下子那麼近的站在我面前，像空中的直升機停落在我臥室的床前。這完全是一個形容。我看到離群的螞蟻，心情的興奮，就是那個樣子。

觀察一隻單獨的螞蟻，你會感覺到牠給你的精神上的壓迫比一群螞蟻給你的大得多。你接觸到的是一個「個體」。牠長得並不好看，有一個大腦門兒，臉是瘦長的。兩隻大眼睛，像近視眼那樣的露出茫然的神色。最忙的是頭頂上那兩根觸鬚，揮動不停，幾乎沒有一秒鐘的休息。六條細腿，不知道是按什麼樣的順序，踩動不停。牠帶著卡通式的匆忙，緊張的探索前進，像一隻鼻子挨著地找路回家的狗。

一隻離群的螞蟻，給人的印象是慌慌張張，很不穩重的。不過，在小孩子的眼睛裡，這沒有一刻安靜的細小動物是迷人的，像小丑似的渾身帶著喜感。

昆蟲學家已經積聚了不少關於螞蟻的知識。我最感到興趣的有三件事。第一件事是：螞蟻是沒有思想的動物。這正跟我的推測相符合。儘管法國作家「拉芳登」的寓言讚美螞蟻能在夏天預存冬糧，實際上螞蟻並不能計畫未來。牠有生命，動個不停，吃個不停，對外界的刺激有幾組簡單的公式化的反應，就是這樣子罷了。

第二件事是：螞蟻的視覺並不發達，指導牠行動的，全靠那一對活躍的觸鬚。觸鬚不但能隨時告訴牠有關空間狀況的消息，同時還是牠的鼻子。螞蟻能夠知道什麼地方有一塊糖，是完全靠那一對觸鬚替牠「聞」出來的。觸鬚是螞蟻的「蒐集氣味的天線」。

第三件事是：螞蟻是愛排隊的動物，見隊就排，其他的事一概不理會。昆蟲學家說，如果領頭的螞蟻走的是曲線，而且不巧跟上了隊伍最後的一隻螞蟻，繞起圓圈來，那麼這一隊可憐的螞蟻就會天長地久的走下去，走到筋疲力竭，耗盡全身的力氣，不到累死不休息。

這三件事情使我覺得螞蟻實在是天真、可愛、老實的動物，很值得憐惜。在童年，我就是用這憐惜的心情對待這好玩兒的細小動物。我關心螞蟻，經常蹲在地上跟螞蟻做伴兒，跟螞蟻交往，像是一個「螞蟻馬戲團」的班主。

最使我自己吃驚的是，年齡慢慢增長以後，我竟學會了對螞蟻的殺戮。我變成一個極端的「人類主義者」。我學會了，為了人類的利益，屠殺螞蟻是無罪的。

做那種事的方法很多。劃一根洋火，點著了一張報紙，就可以用來燒螞蟻。除了火攻之外，還可以用水淹，那是指涼水。另外，開水也很有用，可以把螞蟻成群的燙死。這些方法，還不能算是直接用手去做，所以學習起來，還不太難。

最難學的是用手指頭直接去摁死一隻螞蟻。我在十一、二歲第一次想這樣做的時候，有些遲疑，總是下不了手，只覺得消滅一個生命不是一件很平常的事情。一秒鐘以前，牠還在那兒舞動著觸鬚，六條腿亂踩，像一隻迷路的心慌的狗。然後，你伸出一個手指頭，輕輕一摁，牠就變成一個黃褐色的小球兒像一粒微塵，那生命也消失了。

我遲疑，老是問自己該不該這樣做。拖延了一陣，到了最後，把心一橫：『人人都敢，我不該連這個也不敢。』這變成一個勇氣問題了。

我慢慢伸出手指頭，把勇氣灌注進去。一二三，我做了！

做這種事，第一次很不舒服，會覺得翻胃。經過一次一次的磨練，感覺逐漸麻木了，那翻胃的事情也不再發生了。『人人都是這麼做的。』這種想法使我對於弄死一隻螞蟻的事情，不再覺得不安，不再認為是有罪。這是大家認可的。

我見過一個人坐在飯桌前，一個手指頭一隻，一個手指頭一隻的，慢慢摁死螞蟻，就像用手指頭蘸桌上的芝麻吃那麼自在。我也見過人因為要對付的螞蟻太多，不是一個手指頭辦得了的，索性就伸出巴掌來，由「點」的捕殺，變成「面」的摧毀。他很興奮的在幾秒鐘裡對付了整個群體。連這個，我也學會了。

食物上爬滿了螞蟻，看了叫人惡心。這惡心使我們在掃滅螞蟻的時候帶著一點怒意，驅散了心中的不安。

人類是矛盾的，儘管矛盾得很有道理，終究也還是矛盾的。童年跟螞蟻的那一份感情，還有體認到牠並不怎麼嚴重威脅到我的生存，這幾年來，我不知不覺的養成了放走螞蟻的習慣。

『你走開吧，小螞蟻。我求求你，快走開吧，不要讓我看見你。』我已經能抑制伸出手指頭的衝動了。

看見牠揮舞著觸鬚，六條細腿忙個不停的走遠了，我會鬆一口氣。我心裡的感覺是美好的，那是一種跟「快樂」差不多的感覺。

馬緣

別讓我在馬年查類書談馬，解釋幾個馬典故，重述幾個馬故事；讓我像個普通的愛馬人，談談我所愛的馬。

科學家都相信馬有一個很值得自豪的進化史。牠由瘦小變成魁偉，由醜陋變成英挺。五千萬年前的馬，軀體像瘦小的狐狸，卻沒有狐狸的秀美靈巧。牠肌肉鬆軟無力，又弱又醜，模樣使人看了生厭。到了進化史中期，牠軀體逐漸變大，像一隻野狗，可是體態完全不能跟現代俊美的狗相比。牠仍然是醜陋的，醜陋得像非洲的土狼，唯一比土狼強的地方是牠選擇的是潔淨食物。牠吃新鮮的綠色植物，生活在芳草碧連天的環境裡。到了大約一百萬年前，成為人類浪漫精神象徵的「馬」才出現在大地上。科學論文裡所描述的「百萬年前的馬」，就是現代馬的近祖。

在人類文化史上，冊冊有馬，頁頁有馬。馬成為人類浪漫精神的象徵。如果我們想在現代生活裡尋找一樣東西，跟人類生活的關係像往日的馬那麼密切，而且同時也是人類浪漫精神象徵的，那麼，非常有趣的，那就是「汽車」。如果你想知道在從前的日子裡，馬對人類的精神生活、物質生活有多重要，你只要想想現代生活裡的汽車。

鄭愁予有一首詩：〈錯誤〉。記得詩裡有一個有名的句子：『我達達的馬蹄是美麗的錯誤。』詩裡的馬蹄聲是駿馬的腳步發出來的。那騎馬的男子，那高高騎在馬背上的，是一個情人也是一切情人，那正是現代語言裡的「白馬王子」。想想現代最「性格」，最富有，最顯赫，最成功的年輕人所說的最動人的話：『我開汽車來接你。』或者，現代的最美麗的女孩子夢中的自語：『有一天，他開了汽車來接我。』現代的浪漫的汽車就是古代的浪漫的馬，古代的浪漫的馬就是現代的浪漫的汽車；騎在馬背上，或者坐在駕駛座前，那浪漫的英姿，古今一樣。

『我突突的引擎聲是美麗的錯誤。我是過客，不是歸人。』這樣的故事也可能發生在現代寧靜的、有樹影的住宅區。現代的年輕人如果不會開汽車，就跟古代的年輕人不會騎馬一樣，都不能激起最美麗的女孩子的幸福的幻想，都不能走進最美麗的女孩子的夢中。

一個人只要騎在馬上，就會全身充滿了浪漫的氣息。那動人的氣息，只要他一下馬，就會即刻消失。徒步的俠客總缺少一股浪漫氣息，一旦騎上了馬背，情形就會完全改觀。帝王、大臣、將軍，可能很有威儀，但是難免缺少使人動心的浪漫色彩，只要讓他們騎在馬背上，平淡就會一下子轉換成絢爛。

虎、豹、獅子，難免使人聯想到粗壯的矮個子。長頸鹿使人聯想到竹竿。浪漫的馬，浪漫在牠的英姿挺拔，浪漫在牠奔跑的速度，浪漫在牠不是從遠方歸來就是正要去遠征。牠帶著一種超越現實的豪氣，不是平凡的日常生活所能拘束得住。馬帶給古人一種追求速度的激情，征服空間距離的激情。達達的馬蹄聲使你鄙棄委屈的活著，使你敢於抬起頭來許下了要活得自豪的誓願。浪漫的馬，你是一個象徵，你是人類浪漫的象徵。流浪是馬，遠征是馬，戰鬥是馬，凱旋也是馬。

浪漫的馬在人類精神生活裡那種神一般的地位，會一直繼續下去，要是牠沒遇到「福特」那個美國人。從福特開始熱切的製造「沒有馬的馬車」那一年起，馬的地位就動搖了。福特最大的勝利不是汽車取代了馬的效用。福特的勝利是他的汽車取代了馬，成為人類浪漫精神的象徵。突突的馬達取代了達達的馬蹄。開車取代了騎馬。

馬從現代世界裡退隱了，不錯，但是成吉思汗的騎兵仍然在厚厚史冊裡的草原奔馳，動人的馬蹄仍然敲響著古典文學裡的石板街，大俠和白衣劍士仍然在小說裡騎馬。汽車只能開到歷史的柵欄前。不朽的馬，浪漫的馬，永遠令人懷念不忘。

童年，我偶然會在大街上看到馬。我追隨著馬，走過幾條街，忘了回家。馬仍然渾身充滿了魅力，足夠吸引我走八千里路，拋下我的家鄉。所有愛做夢的少年跟馬都有前生註定的緣分。這「馬緣」是無法抗拒，擺脫不掉的。一想到自己有一天高高騎在馬鞍上，我心中就會湧起一股豪情。

光陰像白駒過隙，但是我一直沒有機會接近我的白駒。白駒一天比一天離我遠了。我再也不能成為一個騎馬的少年，說不定，連騎馬的青年也做不成了。我陷入現實生活的泥淖越來越深。我要為我的三餐工作，為我的衣服我的鞋工作。我的俠客，我的劍士，我的帝王，我的大臣，我的將軍，我的成吉思汗騎兵都拋棄了我。我不再是浪漫的了。我的幻想不高過我的肩膀，我的夢走不出小鎮的城牆。等到我從前日思夜想的馬真的來到我身邊，我早已經變成一條蚯蚓。

那一年，我在鄉間的小學教書。放學的時候，我拿著兩本課本正要回家，看見大門門廊的圓柱繫著一匹馬。那匹馬不帶一點浪漫色彩，是一匹還沒有長成的馬。牠一點也不能激動我的豪情。在我的眼裡，牠是一匹瘦弱、頹喪的馬。

『這是誰的馬？』我問校工。

『蘇老師的馬。』他說。

有一個六年級的學生從我身邊走過。他對我說：『蘇老師帶來讓我們「觀察」的。』原來是一匹自然科教學用的馬。蘇老師是怎麼弄來的？

我走到馬身邊，拍拍馬的背。這是我第一次用我的手觸摸到真正的馬。牠不英俊，不挺拔，牠使我失望。也不能說是失望，牠使我自以為夢醒似的告訴我自己：『從我童年以來，我一直把牠當天神一樣看待的馬，原來只是這麼平凡的牲口。這醜陋的牲口就是我小時候跟隨牠走了幾條街的駿馬嗎？我的童年真的過去了。一切美麗的東西都顯露了真面目。』

我繼續拍著馬背。生活再也不是童話了，一切的一切，原來都只是這樣的平凡。這發現並沒使我覺得快樂，我的心不停的往下沉。

刷的一聲，我感到腿上一陣冰涼。校工把我拉開。

『馬發脾氣了。』他說。

我的一條褲腿被馬咬住，往下一扯，一撕兩半了。牠扯破了我的褲子。我像穿著草裙似的狼狽的走回家。

第二天，蘇老師告訴我：『那小馬是有點兒脾氣，不喜歡普通人挨近身邊。』

蘇老師的話，對我有深刻的意義。我是一個「普通人」，不懂馬，不騎馬，而且，對馬有不敬的想法。

蘇老師又說：『我的朋友是華僑，就住在城外的牧場投資養馬。這個星期天想不想去騎騎馬？牧場裡有一匹好馬，你應該去看看。』

在學校裡，我是孩子們所敬愛的老師。回到家裡，我仍然是父親寵愛的孩子。

『要注意身體的重心。害怕的時候，抓緊馬鞍，隨牠去跑。要你的朋友先檢查馬鞍綁牢了沒有。讓你的朋友拉住馬，你先坐牢了，再伸手去接韁繩。』父親說。

『馬懂得人意。對馬要存著好意，要莊重，要親切，不要心慌。』父親又說。父親騎過馬，但是他告訴我的，超過了騎馬。『馬對這個人心服，對那個人不心服，是常有的事。』父親笑著說。他的話迷惑了我。

站在城外綠色牧場上的這匹馬，英俊挺拔，全身雪白沒有一根雜毛。這才是我夢中的那匹馬，值得我入迷的追隨牠走過五、六條大街。我心中湧起少年時代的浪漫情懷。牠使我豪氣萬丈。這是我第一次騎馬，第一次騎馬就找到心愛的馬。我帶著一身浪漫的氣息，騎上了馬背，接過了韁繩。在馬背上，綠色的草原在我眼底，我看得更高，更遠，雄心壯志在我心中甦醒。

牠緩緩的向前邁步。走出幾丈以後，馬背顛動的韻律，馬蹄的節奏，給我帶來信息。牠愉快的做出慢跑的準備動作，然後，我聽到了我幻覺裡的達達的馬蹄聲。

馬使馬背上的人進入浪漫的想像。達達的馬蹄演奏的是使人恢復純真的音樂。我相信靈魂的洗滌是必要的，洗滌靈魂要騎馬。我在馬背上恢復了心靈的活潑。

我在草原上繞了一圈，回到蘇老師身邊。

『馬不錯吧？』他問。

『好馬！』我說。

沒有人知道這是我第一次騎馬。

回到家裡，在母親的心目中，在弟弟妹妹的心目中，我是浪漫的。

回到學校裡，在同事的心目中，在學生的心目中，我是浪漫的。

我渾身發散著浪漫的氣息。我是發光的，我身上有白馬的豪氣，心中有白馬的豪情。

白馬把我從凡庸消沉中拯救出來。

多少年來，在我灰心消沉慢慢掉落在凡庸的泥淖中的時候，那達達的馬蹄音樂就會來拯救我，使我重新湧起豪情，湧起征服現實的勇氣。

沒有典故，沒有成語，也不翻檢厚厚的類書。我很高興能在馬年回憶一段我跟馬的美好的故事。

斯努彼的故事

「斯努彼」走進這個家的大門完全是偶然的。事實上牠從來沒走過「大門」，牠是由後院的小門進來的。

一連好幾天，瑋瑋吵著要我給她買一隻「來喜」，就是《來喜回家》那本兒童文學名著裡的主角，那是一隻牧羊狗。那時候，她是小學畢業班的學生，作業多，睡眠少，心情常焦躁。我為了讓她高興，勉強答應考慮考慮，其實我並沒有那樣的決心。瑋瑋天天逼問：『什麼時候買？哪一天買？』

有一天，她很失望，竟問我說：『到底是哪一年買？』

我只好告訴她說：『養這種狗的人家，臺北市總共不會超過二十家。價錢一定很高。我們家過日子這麼儉樸，養一隻比大英百科全書還貴的狗，你不覺得不調和嗎？』

瑋瑋不快樂了。從心理學的觀點來看，我和狗成為她不快樂的理由；但是我知道她不快樂的原因是缺乏睡眠，缺乏遊戲，是永不休止的緊張焦慮，是渴望閒暇和休息。如果我肯花那麼多的錢給她買一隻「來喜」，我更願意花十倍的錢把她從直升本校初中的升學競爭中拯救出來。可惜她已經陷入流沙。她在恐懼中掙扎。「來喜」是一個合適的題目。為「來喜」生生氣確實可以緩和她的緊張和恐懼。

不過我也應該反省。「來喜」雖然只能治標，不能治本，但是為了不能治本就連標也不治了，這不是太糊塗了嗎？我渴望能把「變得陌生的瑋瑋」變回「親切的瑋瑋」。我覺得我應該去尋找一隻「來喜」。每天晚上，我擔任「爸爸鬧鐘」的職務的時候，手裡拿著書，可是看不下去。我幻想我能一下子說服瑋瑋，使她能相信我，能不再恐懼，能有足夠的膽識和智慧，安心讀書，不受周圍恐怖氣氛的感染。另外一個幻想就是天上忽然掉下一隻「來喜」，使這個忙碌的父親和恐懼的女兒都能開心的笑一笑。

有一個星期六的晚上，我在二樓書房裡寫東西，儘管我寫得很專心，但是總覺得寫起來加倍的吃力。整夜，我的聽覺要承擔一陣一陣哀哀啼哭的壓力。那聲音從樓下的後巷來。那是小狗的哭聲。小狗很小，小得只能算是「狗嬰兒」。那哭聲很使人動心，像人類嬰兒的哭聲。那哭聲使我想起令人心酸的棄嬰。為了趕寫稿子，我必須不斷的跟心中湧起的憐憫對抗。天色越來越亮，我的工作也接近完成。琪琪醒來了，用『您注意到了沒有？』的眼色看了看我，就下樓去了。我正在設法結束我的稿子，這需要更大的專注。等到我寫下最後一個句號，可以用全力來對抗小狗的啼哭，我注意到哭聲已經停了。然後是輕輕的腳步聲，琪琪上樓來了，站在書房門口，雙手抱著一個小絨球兒。那就是那隻整夜在巷子裡啼哭的嬰兒狗。

牠的毛色初看是白的，戴上眼鏡看，那白色裡帶著淡褐色，很像牛奶加得太多的一杯咖啡。牠的眼睛像兩顆桂圓核兒，黑黑的，很有神采。最使人傾心的是那眼睛裡所含的善良純真的光。我幾乎看不出牠跟人類的嬰兒有什麼分別。牠善良得使你看了心裡喜悅，使你忽然想起人生所能達到而且是即刻就能達到的最高境界：善良，純真，又純真又善良，又善良又純真，善良到極點，純真到極點，沒有貪慾，沒有憂慮，不折磨別人，不折磨自己。那真是一對人類的嬰兒才有的眼睛。

牠很小，大概只有一個半月大。牠跟人類的嬰兒唯一不同的是：牠能幹得多，已經會走路。牠看了我一眼，使我的靈魂受了很大的震盪。牠使我覺得自己是污濁的。牠的紙那麼潔白，我的紙多麼骯髒。牠的水那麼清澈，我的水多麼混濁。牠面貌俊秀，帶著稚氣，很像一個可愛的小孩子。

琪琪說：『這隻狗真可愛，可以送給瑋瑋玩。』

她抱著小絨球下樓去了。從廚房裡發出來的聲響，我知道小絨球受到琪琪最好的招待：喝了半盤子溫暖的牛奶。我聽到牠急切的，用舌尖兒撥牛奶喝的聲音。牠哭了一夜，也餓了一夜。現在，牠會不會這樣想：『這是哭的報酬啊。只要哭，你就可以得到幸福。』

這是一個功課壓力仍然很大的星期日，但是至少可以擠出半天的時間暫時忘卻一切的不幸和苦惱。瑋瑋醒來，看到那個有生命的小絨球，竟然開心的笑了。這是她上六年級以來，第一次真誠的笑。她的心靈的沙漠，長出了一棵青草。這是她第一次忘記了一個充滿「不互助」精神的競爭的世界，第一次流露了愛心。她蹲在地上，輕輕抱起了小絨球。

那一天，瑋瑋親自給小絨球洗了一個澡。小絨球在大太陽地裡滴水，渾身抖個不停，看起來很可憐。可是等到一身毛曬乾了，蓬鬆了起來以後，牠就成為太陽底下一隻最美麗的狗。牠的善良稚氣的眼睛，牠的俊秀的面貌，一下子就征服了一家五個人。

除了琪琪、瑋瑋以外，其他的三個人對於狗都是有「先見」的。那就是指我們看到一隻狗，即刻就能聯想到狗窩的氣味，狗的小便，狗的大便。我們都知道儘管狗的嗅覺是很靈的，但是牠對自己的氣味沒有自覺。我們喜歡狗的形貌，喜歡狗對人性的了解和同情，但是我們都不喜歡替狗做清潔工作。

最先軟化的是我。我伸手拍拍小絨球，然後去洗手。第二個是「媽媽」，她給瑋瑋一個狗飯碗，一個狗水杯。最後是櫻櫻，她遲疑了一陣子，最後也向小絨球伸出了雙手。

我承認現代人都有一個基本的苦惱，就是生活的匆迫。其實生活的匆迫並不像我們所想的那麼嚴重，其實那苦惱不是由生活的匆迫來，那苦惱的來源是心情的緊張。其實心情的緊張也並不像我們所想的那麼嚴重，其實那苦惱還有一個最大的來源，那就是很容易使人發狂的物質慾望。人人所受的折磨不是謀生的艱難，實在是「謀多」的艱難，不是求生的艱難，實在是「求多」的艱難。看到小絨球的善良純真的眼睛，我有悟道的感覺。那是一對菩薩的眼睛。那一對眼睛使人悟了道。現代人如果能夠「遍地黃金，只取一錠」，就都能立地成佛。

小絨球使這個五口之家膨脹成六口之家。『狗餵了沒有？』『餵狗了沒有？』也成為一家人關心的事情。

我最感激的是小絨球的出現，使一家五口多多少少領略到純真的滋味。看到小絨球扭動小圓屁股走路的步態，大大小小常常不能自制的發出愉快清亮的笑聲。有一段很長的日子，我們差不多都忘了「哈哈」的發音部位和發音方法了。

小絨球在這個家裡的地位，本來只是個被我們收留的棄嬰。現在卻不同了，牠成為我們的「幸福人的活標本」。不過牠也有一點小苦惱，因為牠也有了一個小慾望。那就是進入客廳的慾望。牠在廳門外叫，守在廳門邊不肯走。有人開廳門，牠就往門縫裡鑽，狂喜的直奔廚房。那裡面的一切東西對牠都是新鮮的，牠堅持要逗留在那個製造香氣的房間，不肯離開。為了這件事，牠心跳加快，激動興奮，冒險奮進，不顧死活，最像不幸的現代人。

這隻小狗應該有個名字，大家才好稱呼。從前我們養過一隻白狐狸狗，毛色雪白，我們叫牠「斯諾」。中國人的習慣是喜歡給心愛的狗取一個英文名字。這是中國風俗。三個孩子要我找一個聲音跟「斯諾」相近的名字，好表示牠是「斯諾」的小弟弟。

美國有一套狗漫畫，畫的是一隻沒膽子的狗叫「史奴比」。我告訴瑋瑋，小絨球的名字就叫「斯努彼」。她同意了。

我的敘述技巧並不很高明。我只能寫出這樣的一篇〈斯努彼的故事〉。

小黑貓

家裡的人都知道「瑋瑋的動物園」指的是什麼。她有兩隻巴西小烏龜，一條金魚，一條泥鰍，一盒蠶卵，四條植物園荷塘裡那種一公分半長的魚秧，一隻會吹口哨的鳥，還有小狗「斯努彼」。一個表面上看起來很安靜的家，隱藏著一個熱熱鬧鬧的動物世界，有魚類，有爬蟲類，有鳥類，有獸類，有昆蟲。

使我覺得驚訝的，不是瑋瑋飼養的動物多。我覺得奇怪的是，她並不為那些動物牽腸掛肚。她像一個不愛錢的有錢人，不把自己的財富放在心上。她興趣來的時候，照顧那些動物像一位好護士，好保母；興趣轉移的時候，就讓那些動物按野生動物的方式過日子。只有辛苦的「媽媽」，儘管每天忙得筋疲力竭，仍然懷著「不能見死不救」的菩薩心腸，經常照料那些可愛的小生命。

瑋瑋似乎是根據動物都有求生本能的理論來管理那個動物園。她不知道真正照料那些小動物的是一位媽媽神仙，因此對飼養動物的數目沒有限制——韓信將兵，多多益善。這個韓信，孤軍深入敵境八千里，「媽媽」跟在後頭手忙腳亂辦補給。

小狗「斯努彼」進門以來，瑋瑋表現得比從前好得多。她常常「幫忙」餵狗，而且很有恆的每星期日給狗洗一次澡。現在「斯努彼」能夠從星期一到星期三看起來很乾淨，就是瑋瑋的功勞。從星期四到星期六，「斯努彼」又恢復那「一團髒絨球」的形象。這隻小狗最喜歡的遊戲是掀翻飲水盆，讓水灑一地，和灰土混合在一起成了泥漿，然後躺在泥漿裡打滾。「週末的斯努彼」是很難看的，不過這並不是瑋瑋的過失。「週末的斯努彼」不但身上是黑的，連狗臉也是黑的，像個初次練習寫毛筆字的小學生。

一張髒髒的狗臉是很滑稽的。有一次我問瑋瑋，剛才她跟櫻櫻為什麼哈哈大笑不停。她說：『真是好笑死啦！你看了斯努彼的那張臉就知道。』我見過，像一張大花臉，臉上轉動著兩顆純真稚氣的黑眼珠兒。

瑋瑋的動物目錄裡本來還有一隻小黑貓，現在這一項已經抹掉了，因為家裡以三票對兩票的多數，否決了小黑貓居留權法案。那兩張少數票是瑋瑋和琪琪投的。小黑貓實在太髒。

有一天，琪琪告訴瑋瑋，附近有一隻小黑貓。姊妹兩個都不能算是真正的「小」孩子。她們懂得「家庭政治」，低聲商量了一陣，決定製造既成事實，然後極力爭取軟心腸的爸爸那一張容忍票，強行留下小黑貓。瑋瑋開了大門，把小黑貓抱了回來。

晚上，家裡起了小風暴，爭執的焦點就是小黑貓的居留權。筋疲力竭的媽媽，愛乾淨的櫻櫻，都主張把這個髒東西送走。琪琪和瑋瑋儘管有更有人情味的理由，但是她們寧願採取人道立場，說小黑貓只是一兩個月大的「孩子」，我們不能見死不救。這個立場，給我很大的震盪。我糊裡糊塗的投下那張容忍票——黑貓實在太髒了，我連摸都不敢摸。

我投完票以後，接著當然就要付出容忍的代價。我答應瑋瑋動用一個菜盤。我答應讓小黑貓喝牛奶。我答應拿出幾件舊衣服給小黑貓做窩，答應剪破一個舊蚊帳給小黑貓做小蚊帳。「媽媽」和櫻櫻用「你有好日子過啦」的眼神看我，使我心中有了悔意，很想伸手到票櫃裡去，把剛投的那一票掏出來。

這小黑貓是一隻「癩痢貓」，身上都是禿瘡，眼圈上都是黃黃的眼屎。牠瘦得幾乎只剩皮包骨。最使人難過的是牠那一根被誰剁去半截的可憐的小尾巴。瑋瑋像端寶貝似的把貓托在手掌上，我們覺得很不調和。瑋瑋跟小黑貓親近，琪琪也很隨和，剩下的三個見了小黑貓就躲。小黑貓一進門，家裡就出現分裂狀態。

「媽媽」用硼砂水給小黑貓治眼睛，用藥膏給小黑貓治癩痢。家裡出現了一個新歇後語：「媽媽給小黑貓治病——忙上加忙」。

瑋瑋寵小黑貓。她不管別人害怕不害怕，抱起小黑貓就往別人的懷裡塞。這件事情大大引起我的反感。我認為瑋瑋只重視貓的「人權」，不尊重人的「人權」。

『不可以這樣，瑋瑋！』成了我每天必說的話。

『洗手，瑋瑋！』也成了「媽媽」每天必念的經。

我細心觀察瑋瑋跟小黑貓建立起來的友情，實在不能不動心。我們共同規定，白天小黑貓應該留在後院，不許通過廚房，走進飯廳，因為小黑貓有「皮膚病」。但是瑋瑋瞞著媽媽，替小黑貓找到另外一個入口。

她跑進我的臥室，打開通後院的窗戶，輕輕喊一聲「貓咪」。小黑貓聽到了喊聲，就由地面輕輕跳上倒叩在地上的水桶，再由水桶跳上木條箱，又由木條箱跳上窗臺。瑋瑋一伸手，就把小黑貓接到屋子裡來了。練習的次數多了，瑋瑋跟小黑貓也有了默契。什麼時候瑋瑋想看看小黑貓，只要走進我的臥室，打開窗戶，輕輕喊一聲「貓咪」，就會有一隻小黑貓在窗臺上出現，像「按鈕」一樣準確，像一個童話故事。

小黑貓進屋兩個星期以後，「斯努彼」也來了。論資格，「斯努彼」是後到，還不如小黑貓資格老。貓狗本來是冤家，但是小黑貓跟「斯努彼」相處得很好。牠們都是一兩個月大的「小孩子」，還不懂得競爭，所以後院裡始終能夠保持一股祥和的氣氛。

瑋瑋對貓、狗的和諧有很大的貢獻。她常常設法讓小黑貓跟「斯努彼」互相親近。有一天晚上，我看到瑋瑋努力的成果。

小黑貓是「袖珍」的，「迷你」的，細聲細氣的，喜歡撒嬌的。貓總是給人嬌嫩的印象。小黑貓雖然又髒又醜，但是日子久了，也逐漸的流露出逗人憐愛的一股神態。「斯努彼」是狗。狗族本來就比貓族強壯，體型也大得多。拿「斯努彼」跟小黑貓相比，「斯努彼」像是個忠厚憨直的傻大個兒，小黑貓像個多愁善感的瘦小書生。

我看到的情景是這樣的：

「斯努彼」伸直兩條肥肥的後腿，向後挺得很直。那姿勢一定使牠覺得十分舒服。牠的肚子貼地，像一個裝了水的水袋。兩條肥短的前腿搭在地上，頭歪在一邊，像一個足磅的強壯嬰兒，睡得很香。小黑貓趴在「斯努彼」的身上，把小狗的身子當作柔軟的「巨人型枕頭」，也睡得很香。「斯努彼」呼吸的時候，身子起伏像波浪。小黑貓的頭，隨著那波浪，有節奏的一起一落，像碼頭邊隨著潮水顛著的一條小木船。

我看得入迷，想到了好幾個比喻。小黑貓像一個髒孩子睡在美麗的母親的懷裡。「斯努彼」像一個壯健忠實的巨人，守護著嬌嫩的小公主。不管怎麼樣，牠們的睡態給我一個「強烈對比的調和」的奇異印象。

瑋瑋跟小黑貓的親近是別人辦不到的。小黑貓可以自由進出臥室、客廳以後，家裡常常有人發急嚷著要換衣服，要洗澡。這隻行動矯捷的小黑貓，喜歡跳上床，喜歡蹲在人家的枕頭邊，喜歡跳進人家的懷裡。如果「貓」只是一個概念。貓是可愛的。如果貓是一個實體，而且長了禿瘡，這就使人為難了。

人人都懂得愛小動物，但是懂得愛「又髒，又醜，又臭，又長禿瘡的小動物」的人大概就少了。瑋瑋跟小黑貓的過分親近很使我不安。有一天，我不得不邀「媽媽」一起跟瑋瑋商量放走小黑貓的事。

小黑貓走了以後，我對自己有一番嚴厲的批判：我永遠當不了菩薩，我太介意禿瘡。真正能當菩薩的只有小孩子。只有小孩子能看不見禿瘡，只看到貓的可愛。不過，我對於能穿透醜陋外殼看到別人靈魂的純真的那種菩薩境界，仍然是非常嚮往的。

斯努彼的啟示

我寫過一篇給孩子看的敘事詩，敘述一位母親對愛狗的孩子的教育。

孩子跟母親出去散步，看見一隻乾乾淨淨的白狐狸狗。孩子讚美那隻狗：『這隻狗的毛好白！』

母親指著那位帶狗出來散步的主婦，悄悄告訴孩子：『這位伯母一定很勤勞，很辛苦。』

如果你希望有一隻毛色像雪那麼白的狐狸狗，你就得放棄休息，努力的工作不停，再累也應該苦撐下去。要是有一天你覺得太辛苦了，你想：『我也該歇歇了，不能一天到晚為一隻狗忙。今天不給狗洗澡梳毛了。我要先給自己放幾天假，好好兒休息休息。』那麼，等你歇過來了，想再像往日一樣，經常給狗洗澡，你就會發現那隻白狐狸狗已經不「白」，不值得洗了。三個月以後，再看看，你養的是一隻花狐狸狗，灰狐狸狗，黑狐狸狗，甚至是：癩病狗。

前面所說的那個小孩子，一次一次的求母親買一隻小白狐狸狗給他，但是母親不答應。小孩子根據現代政治常軌，去請大哥、大姊支持他，但是大姊不贊成，整個情勢是兩票對兩票。小孩子只好根據家庭憲法，請求父親召開家庭會議，依法進行辯論。父親是會議的主席，手裡也有一票。他把票投給哪一邊，哪一邊就勝利。

父親同情母親的觀點，也同情孩子的觀點。他是大會的主席，全家都尊重他的決定，但是他並不濫用他的權力。他很有技巧的問母親：『在什麼條件之下，才允許孩子養一隻狗。』

母親忘了她根本反對孩子養狗，只專心的研究條件。她說：『除非孩子自己照顧那隻狗。』

孩子也忘了那隻「未來的狗」是要歸他照料的，只想到他可以養狗了。

事情就這麼決定了。父親把手裡的一票投給了小孩子——附帶一個「小小的條件」。

父親把小狗買回家，放在小孩子的懷裡。從那一天起，這小孩子就開始接受磨練，吃了多少苦，受了多少罪，才學會了「養一隻漂亮的狗」到底是怎麼一回事。

「養一隻漂亮的狗」就是拿拖把，提水桶，把地板上小狗的小便洗乾淨；就是戴橡皮手套，拿塑膠袋，把樓梯邊小狗的大便弄走；就是戴口罩，憋住氣，去洗刷很臭的狗屋；就是換上一件舊衣服，繫上一條圍裙，提水，刷盆子，蹲在地上給小狗洗澡，被小狗濺一臉的髒水；就是不停的給小狗梳毛，梳到手痠；就是在小狗破壞家具以後，替小狗挨罵；就是又忙，又累，手痠，腿痠，脖子痠；就是不論星期天或者國定假日，都要像平日那樣的為小狗忙個不停。

八個月以後，有一天，母親和小孩子帶那隻漂亮的白狐狸狗出去散步。另外有一位母親，也帶一個小女孩兒出來散步。小女孩兒指著這隻漂亮的白狐狸狗說：『媽咪，那隻狗好漂亮！』

這就是故事裡那個小男孩兒所得到的最珍貴的報酬。

我寫那篇敘事詩，心裡只有一個念頭，那就是希望在小孩子的心裡培植一個好觀念：一切美好的東西，都是勞苦工作所結的果實；東西越好，那工作也越勞苦。

我從來沒相信過「有錢就行」這句話，因為天底下所有的美好的東西，都含有「錢再多也不行」的性質。我只相信「要勞苦工作才行」這個真理。

有一次，我在電影裡看到一幅兩秒鐘畫成的畫兒。電影裡的那個畫家，拿一枝筆，在白紙上勾來勾去，不到兩秒鐘的時間，就勾出一個很神氣的狗頭來。

我覺得很容易，回家也拿出紙筆來，勾來勾去，總畫不出那個神氣，但是已經用去了一個晚上的時間。我不甘心。從此以後，只要手閒著，我就拿起筆來畫一隻小狗。現在計算一下，我已經為這隻小狗花了八、九百小時的時間，才能勉強承認這隻小狗確實帶點兒我的神氣；而且這還只是一隻「線條狗」，我還沒學會怎麼給這隻狗染色。我不喜歡我只能畫一隻「透明的狗」。我不知道這還需要多少時日。我不知道我有沒有勇氣再投入一千小時，兩千小時。不管怎麼樣，我知道這種事情是「要勞苦工作才行」的。

這「勞苦工作」也往往是人生樂趣的泉源。所謂「養狗的樂趣」，其實也就是勞苦工作的樂趣。

小狗「斯努彼」來到我家以後，使我們的「黑白生活」變成了「彩色」。我不得不承認，那樂趣也是「媽媽」和瑋瑋勞苦工作所結的美果——也許，琪琪也應該記功，也許，櫻櫻也應該記功，也許，我也應該記功。

有一天，下班以後，回到家裡。一家人都認為「斯努彼」應該去打瘋狗病預防針，可是一家人忙的忙，累的累，走不開的走不開，走不動的走不動。當時，有一個人，很有勇氣的站出來承認自己「既不忙，也不累」，願意承擔這一個差事。那個人就是我。這是第一功。

我抱著小小的「斯努彼」，坐計程車到狗醫院去拜訪醫師。他要我兩個月以後再去，因為斯努彼還太小。最重要的是，他還特別告訴我，日子一到，斯努彼還應該打麻疹預防針。小狗感染麻疹，有死無活，他說。那一天，把這個重要的「育狗常識」帶回家的也是我。這是第二功。

日子到了，一下班就陪瑋瑋帶斯努彼到狗醫院去打針，不叫苦，不喊累，滿臉爬滿了疲勞的皺紋還裝著很高興的樣子，而且還像一家銀行似的付出了一切的費用的，也是我。這是第三功。

對了，還有。斯努彼進入家門以後的第一個星期天，儘管是夜裡寫稿，睡眠不足，仍然打起精神陪瑋瑋到遠東百貨公司的「狗部門」買除蝨子的藥，還有狗食盆、狗水盆，而且毫無怨言的根據發票付款的也是我。這是第四功。

還有——算了。

拿我的四大功跟「媽媽」、瑋瑋的辛苦相比，我的大功都缺乏「有恆性」，帶有「瘧病性」，時熱時冷。

照料斯努彼的膳食，為這個排洩很勤的斯努彼做清潔工作的是「媽媽」。始終有恆的為斯努彼除蝨，洗澡的是瑋瑋。她們周而復始，有恆不變，工作得像太陽。比較起來，我的貢獻遜色多了。前面所提到的我的四大功勞，人人都辦得到。「媽媽」和瑋瑋的功勞，比我高得多。

有一個大將軍，打了一次大勝仗，要論功行賞，先從炊事兵賞起。如果沒有那些「有恆的做日常事務」的人，軍師的奇謀只不過是一個夢。「從炊事兵賞起」的原則，也是那位軍師定的。那軍師真是一位好軍師，因為他知道如果專賞自己，軍中就會全是說夢話的人，沒有一個可用的兵了。我就是那個大將軍。我就是那位可敬的好軍師。我要特別表揚「媽媽」和瑋瑋的大功勞。

要是沒有「媽媽」和瑋瑋的勞苦工作，這個家就不會有那隻「看見有人要出門就跑過去抱住那個人的小腿不放」，「能直起腰來，用自己的小屁股坐在地上」，「為了學人立，仰天摔了一跤」，「脾氣好的時候貢獻自己的肚皮給貓當枕頭」，「妄想一口吞下一隻巴西小烏龜」，「能像海豚一樣為一小塊食物跳得好高」的小狗斯努彼了。

斯努彼的「媽媽」

斯努彼如果寫自傳，第一部第一章第一節第一段應該是：『我，「胖胖．斯努彼」，是一隻混血的狐狸狗。毛色淡褐，像一杯牛奶加了一點點咖啡。我沒有高貴顯赫的身世，沒有人知道我出生的情形。我是後巷水溝邊哀哀哭號的棄嬰，後來成為林家收留的孤兒。儘管林家一家五口，一向待人和善，給了我充分的自由，允許我隨時離開，追求我自己的理想，但是我並不想放棄我既得的利益……』

我們一家五口，各有各的喜歡斯努彼的原因。拿我來說，我「喜歡」斯努彼，只不過是因為一家人都喜歡牠。如果要我做一個說話絕對坦白的坦白人，那麼，我就要說啦：『有時候我也不喜歡斯努彼。』我不喜歡斯努彼的原因，也是因為「一家人都太喜歡牠」。

斯努彼，你的名字是「破壞」！斯努彼，你的名字是「不自律」！斯努彼，你的名字是「無法無天」！斯努彼需要一個法院。

我曾經花了不少時間，在前院弄了一片碧綠碧綠的小草地，那是我的「思想的草地」。每天早上，我站在前廊上看朝鮮草，腦子裡就能湧出一股一股可愛的小思想像泉水。現在怎麼樣？那裡成了一片荒地，而且到處是小小的土坑。你的爪子是鏟草機。你不喜歡綠色，你不同意我把那一片草地列為禁地。不，也許我想錯了。你是很喜歡綠顏色，很喜歡柔軟的朝鮮草的，所以你每天要「用」一點兒，現在，你只不過是恰巧把它「用」完了。『這算不了什麼。』你一定是這麼想的。

我不懂你是什麼意思。你每天在我快上班的時候，很費力的在我的草地上刨土坑，好容易找到一塊像樣的石子兒或者一小塊磚頭兒，就鄭重其事的叼起來，放在廳門口，希望我打開廳門要去上班的時候能看到。你用「報功」的眼神看看我，因為這是你每天早上送給我，等待領賞的「早晨的獻禮」。你不該看著我，你應該回頭去看一看我的草地！

我真想踢你一腳，但是這個家太小，消息傳得快，如是我真那麼做了，我就只好一輩子住在辦公室裡，沒有臉回家了。「媽媽」、櫻櫻、琪琪、瑋瑋，都不會再接受我這個「秦始皇」。照眼前的情況來判斷，如果我們發生衝突，被逐出家門的絕對不會是你！誰說國王是想幹什麼就可以幹什麼的？這只不過是鄉下人的想法。在人類的歷史上，只有好國王、壞國王，從來沒聽說過有什麼「想幹什麼就可以幹什麼」的自由國王。

其實，我們彼此的不愉快並不存在，那只是我片面的幻想。在你純真的心裡，一直相信我們相處得非常愉快。不愉快的是我，並不是你。而且，我的不愉快也沒有什麼正大的理由。我只不過是不能適應狗的表達方式，不能適應狗的價值觀念罷了。在你的心裡，彼此親熱，彼此忠誠，比那一片連半畝的半畝的半畝都談不上的小小草地重要一百萬萬倍！

每天早晨我上班，習慣左手提著「〇〇七」，用右手去按鐵門上的電鈕。你不管多忙，一定要追上來，用兩條後腿站直了身子像是我們家裡的第四個孩子，然後用你那又柔軟又溫暖的黏膩膩的舌頭，不怕病從口入的在我左手的手背上舔幾下，舔得我全身發癢。行過了吻手禮以後，你一臉正經，四腳落地的恢復了狗的正常形態，穩穩當當的跑回自己的地方去了。你把這個看成你的神聖的職務——按時送忙碌的男主人去上班。為了這個，我每天要多洗兩次左手。第一次是怕你感染了我的細菌，第二次是怕我感染了你的細菌。

你像一個作家似的，十分講究對稱和變化。既然歡送我出門要行「吻禮」，那麼，迎接我回家當然就要行「抱腿禮」了。我怕的就是這個。晴天還看不出來，雨天你會在我的西服褲腿上印梅花印兒。為了承受你這種比熱情的拉丁民族還要熱情的禮節，我好幾次想去買一條用帆布做的牛仔褲來穿穿。

當然，這件事是行不通的。孩子們固然希望爸爸永遠給人年輕的感覺，但是並不希望有一個穿牛仔褲的爸爸。同時，我還得為一向喜歡我的老形象的朋友和長輩著想，我不能為了一隻狗，使他們大驚失色，除非我是正要去參加一個化裝舞會。

為了保護我的美好的西服褲，我已經習慣下班進門的時候，把「〇〇七」交給右手，然後用手拍拍你的頭。那時候，你就會柔順的躺在地上，萬分感激的接受我的不十分熱情的拍頭禮。斯努彼，我的左手屬於你，也屬於自來水龍頭。

如果有人問我：『養狗不教誰之過？』我連想都不用想的，就會脫口回答他：『瑋瑋之過。』

瑋瑋過度提高了斯努彼的「人權」，使斯努彼成為一個不守「狗規矩」的人。她讓斯努彼進客廳，讓斯努彼自由自在的到每一個人的臥室裡去參觀，還允許斯努彼坐在飯桌下面接受「偶然失手掉在地上」的蝦仁。

在斯努彼還小的時候，我們對這可能在任何地方出現的「小絨球兒」並不抱反感；不但不抱反感，有時候還覺得牠在不合適的地方出現，很有戲劇性，很令人驚喜，很可以用「入情入理的荒誕無稽」來加以形容。現在牠已經相當大了，用兩條後腿站起來比一個五歲的孩子還高。這樣高的孩子，在不合適的時間，不合適的地點突然出現，真會使人又氣又急。

有一次吃晚飯，我忽然覺得身邊好像多了一個人，趕緊轉過頭去看，原來是斯努彼。牠的頭高過桌面，正在那裡審視今天晚上大家吃的是什麼菜。牠很快樂，並不覺得牠有什麼地方做錯了。

有一個星期天我睡午覺，覺得有人吻我的臉。那不會是「媽媽」，也不會是我的孩子，因為她們都相信對睡夢中的我那樣做，會驚嚇了我。我驚醒過來，很快的就發現了那是誰。幸好床邊小桌子的鬧鐘及時響了，牠這才四腳落地，夾著尾巴跑掉。這又是瑋瑋打開的廳門，讓牠能夠進來到處逛。牠在安靜的臥室裡看到我躺著不動，心中一定充滿新鮮的感覺。牠一定很奇怪：這個永遠直立的人，也有躺下的時候。

瑋瑋不只是讓牠進客廳，進飯廳，進臥室，還抱牠，訓練牠趴在書桌旁邊陪她做功課。只要瑋瑋在家，斯努彼就知道牠有權上二樓，像走進一個不設防的城市。等牠走了以後，你就要花一個下午的時間去找失物：鑰匙在床下，報紙在洗澡間，睡衣在書桌下面。這就是牠「上樓玩玩」的成績。

瑋瑋是一個住校生，每星期六回家一定給斯努彼洗個澡。狗的皮膚沒有汗腺。我不知道狗洗過澡以後是不是真覺得舒服。不過，洗澡確實能使斯努彼不受狗蝨的困擾，牠不能不承認這是瑋瑋的功勞。狗跟人一樣，永遠不懂得「尊重原則」這種事。狗跟人都是沒有原則的動物。瑋瑋不在家，牠知道自己可以不守規矩到什麼程度。瑋瑋在家，牠知道規矩的尺度會跟著變。

狗對時間的感覺，可能比一般的人敏銳得多。每星期一早晨瑋瑋要回學校，斯努彼會攔路不放她走。整個星期，斯努彼臉上帶著失意落寞的神態。星期六中午，牠會很精確的在瑋瑋就要到家的時刻，守在大門邊等待。

夏天的早晨，屋裡會有一段時間的平靜。斯努彼會跑到前院那片草地旁邊的石階上，靜靜的坐在陽光裡。牠量好距離，在身邊留好一個位置，不聲不響的等著。那是因為琪琪喜歡帶著牠坐在那裡曬一會兒太陽。

我不是一個能夠完全放心跟狗交往的人。櫻櫻的脾氣跟我也差不多，她跟斯努彼保持一種距離。她接受斯努彼的歡迎和歡送，但是並不像琪琪那樣的跟斯努彼親近。櫻櫻似乎還沒有跟斯努彼一起迎接太陽的經驗。

我一直以為斯努彼對家裡每一個人的歡迎是同等的熱烈。有一天下午，我下班跟「媽媽」結伴回家，同進家門，這才注意到在斯努彼的心目中，我跟「媽媽」的地位是不相等的。領先走進大門的是我，可是斯努彼並不像平日那樣的熱烈擁抱我的腿，牠只略略向我致意，然後怕我攔阻似的，繞過我的身子去歡迎「媽媽」。斯努彼如果也會觀察人類的表情，一定會發現我臉上有落寞的神態。

關於這一點，我並不抱怨。斯努彼雖然是一隻狗，但是牠懂得回報別人對牠的關心。我跟斯努彼的關係，只不過是「文藝批評家」對「作家」的關係，冷靜得很漠然，客觀得很無情。「媽媽」卻不是這樣。她在最忙最累的時候仍然忘不了給斯努彼準備一日三餐。她在全家興高采烈準備去郊遊，幾乎完全忘了家裡還有一隻狗的時候，為斯努彼準備了食物。天冷了，她為斯努彼準備睡褥。風大了，她為斯努彼準備避風的蘋果箱。

看到斯努彼「雀躍」的在前面開道，倒退著引領剛回家的「媽媽」走進客廳，猛搖尾巴，歡呼大叫，我就會在心中把那叫聲翻譯成一首〈斯努彼感恩歌〉。

誰知道我冷？
只有「媽媽」！
誰知道我餓？
只有「媽媽」！

跟斯努彼生活在一起

一個家庭如果養了一隻狗，那麼這個家庭就得依照狗的水準來生活，沒有第二個選擇。

你不必特地去培養狗的「參與感」。一隻狗，用不著鼓勵，牠天生的就是要跟你生活在一起，要分享你的一切。除非你把牠當作一家人看待，不然的話，牠那堅定持久的奮鬥，會對你形成很大的壓力，使你覺得生活就是一場人跟狗的戰爭。

「斯努彼」剛走進這個家，只有一個月大。從一起頭，我就很用心的想讓牠習慣隔離的生活。我給牠一個大紙箱、一條破床單、一個食盆、一個水盆。我希望牠能安心的生活在牠的小世界裡，不攪亂我的生活。我希望跟牠建立的，只是一種單純的「觀賞關係」。我希望我的孩子，也都能了解我的心意。當然老三「瑋瑋」要除外，我對於她是否能同意我的隔離政策，根本缺乏信心。

果然瑋瑋說了：『爸，你不能不讓我跟斯努彼來往。』她使我的隔離政策有很大的漏洞。

隔離政策所造成的第一次破壞，是客廳的雕花大門。有一天我下班回家，走到廳門前，發現雕花大門靠近地面的地方，遍布難看的爪痕。這給了我一個靈感：門上的爪痕是養狗人家的記號。

為了堅持不讓斯努彼進客廳，我只好接受門上的爪痕。一年來，斯努彼不停的長大，那爪痕也已經升高到我的腰際。很顯然的，我早就放棄了對廳門的講究。只要門能擋住狗，我就心滿意足了。

同樣的，我也放棄了前院的一小塊綠地，任由斯努彼把上面的朝鮮草刨光，任由牠挖出一個一個的土坑。我聽說只要主人肯用鞭刑，就可以糾正小狗的這種壞習慣。這種方法我一聽就手軟，所以我只好退卻。尤其是，我每天下班回家，看到牠猛搖尾巴，蹦跳著在前引路，興高采烈的想帶我去看牠工程進展的情形，我就會問自己：『牠身上每一個部位都充滿了熱情，你打算挑什麼地方下鞭子？』打一隻渾身都是熱情的狗是很難的。

只不過是一年的時間，斯努彼所占領的生活空間，已經是三分天下有其一了。如果真是廳門以內屬於我，廳門以外屬於斯努彼，那也還好。事實是，牠占有整個前院以後，因為有瑋瑋的護駕和掩護，早就時時入寇客廳和臥房。

對於「狗不懂事」的說法，我始終懷疑。斯努彼每次進入客廳，臉上明明擺著闖入禁地的得意和機警。所謂機警，並不是看見你一揚手就夾著尾巴往外跑的那種機警。只要你稍稍顯露驅逐的意向，牠就會繞著客廳的長桌跑，隔著長桌躲閃。你可以想像得到那走馬燈似的追逐對我有多吃力。我順時針的走向追，直到一方放棄為止。我就屬於放棄的一方。追累了，我不得不躺進沙發裡去休息，偶一抬眼，牠就坐在我的對面，歪著頭，對第二次激烈的追逐充滿了期待。

對於瑋瑋的「用狗論」，我很有幾句話要說。

『養一隻狗，又不許人跟牠在一起，養狗有什麼用？』她說。

『我並沒有意思要養斯努彼。你記得我反對過。』我說。

『可是後來你答應啦！』她說。

『我從來沒答應過。』我堅決的說。

『可是牠已經住進來啦。』她說。

這就是我的全部錯誤：我讓斯努彼住進來了，而且還給牠一個大紙箱，一床破床單。既然讓狗進了門，就應該懂得用狗。「用狗」的真正含義是什麼？就是跟狗生活在一起。

『如果牠想進來，就應該讓牠進來。』瑋瑋說。這是跟狗生活在一起的基本原則。因為狗不會開門，所以一聽到斯努彼撓門，就應該替牠把門打開。因為家裡的人不能時時刻刻都是開著，所以她常幫忙替斯努彼開門。

門戶開放的後果是非常可怕的：斯努彼占領了整個的家，儘管客廳雕花門上仍然布滿爪痕，但是那爪痕並不代表防衛的成功。你可以根據那爪痕來計算斯努彼叫門的次數。

飯廳是不安全的，如果你不是防守得很好，不小心空出一把椅子，那麼，斯努彼會突然出現在飯桌上，雙目炯炯發光，充滿信心的在飯桌上選菜，沒有一絲犯罪感。牠曾經叫門，也有人正式替牠開門。那不是邀請是什麼？

只要是瑋瑋在家，臥室也是不安全的。我有過十分不舒適的經驗——睡夢中被熱情的狗舌吻醒。睜開眼，我看到的是一張小小的，長長的，下巴尖尖的，長滿了白毛的臉。那一對眼睛，充滿了關切。一個大大的舌頭，又向我的臉上蓋過來。

我在分析「狗語言」方面的能力很差，但是我知道狗的叫喚並不一律都代表敵意。斯努彼嘴裡的「汪汪」，可以翻譯成一百種意思。

「汪汪」可能是：『我不要！我不要！』

「汪汪」可能是：『給我點兒東西吃，給我點兒東西吃！』

「汪汪」可能是：『開廳門，開廳門！』

「汪汪」可能是：『讓我在客廳裡多待一會兒，讓我在客廳裡多待一會兒！』

「汪汪」也可能是：『來呀，來呀，有本事就過來捉我呀！』

瑋瑋在前面奔跑，斯努彼在後頭緊追不捨的時候，那「汪汪」就是：『官兵捉強盜！』

有時候，並沒有一個特定的對象，可是牠仍然一臉正經的，雙眼充滿抒情意味的叫喚著，那是在唱歌，表達牠內心的快樂。

我說過，自從有人替牠開廳門以後，屋子裡所有的地方再也沒有一處是安全的了。我的書房當然也在內。牠會進去「翻閱」我的舊報紙，「翻閱」我的雜誌，有時候，甚至自己作主的撕下牠所需要的資料。我的書房受到最危險的敵人的侵擾。

我寫作時候嚴肅的坐姿，對牠絲毫發生不了嚇阻的作用。牠隨時都可能毫無顧忌的闖了進來，坐在書桌旁邊的地上，歪頭凝視一會兒，忽然放聲大叫。那語言是可以翻譯的，就是：『一動不動，什麼意思！』

整個情勢已經非常明顯，我已經跟狗生活在一起。我擺脫不了牠的影響。牠隨時都有可能在我身邊出現。我的腦子永遠有一個狗的影子。

儘管我有一千個不滿斯努彼的原因，卻有一點我不能不向牠表示感激。那就是牠改善了我跟狗的關係。

我跟狗的關係一向非常惡劣。我在街上遇到的每一隻狗，一律對我懷敵意。我怕狗，狗怕我。我跟狗碰頭，那氣氛一向都是十分緊張。但是自從斯努彼進入家門以後，街上的大狗小狗，忽然都不再對我猜忌，都能放心的從我的身邊走過，一點不防備我的突襲，彷彿我的身體能傳出一種信息：『這個人對狗無害。』到底斯努彼放了什麼東西在我身上？

跟狗生活在一起，也許並不是一件很壞的事情。

瑋瑋的蠶

大家都覺得瑋瑋養蠶是對的。養蠶是小學生活的一部分。我還記得自己小學時代每天帶著一紙盒蠶去上學的情景。在養蠶季節，重視榮譽的小學生，隨身都帶著一盒出色的蠶，肥大的蠶臥在翠綠的桑葉上，像白色肥圓的哈巴狗懶懶的躺臥在綠色的地毯上。

上三年級那一年，在養蠶的季節，有一天下午，她單手托著一張桑葉回家，那桑葉上爬著三隻小小的蠶。那是她自己花錢買的。那三隻蟲子，大概是五毛錢，或者一塊錢。我小時候在家鄉也買過蠶，但是我從來不知道「蠶店」在哪裡。一個小學生如果有心買蠶，他只要稍稍吐露心聲，自然會有同學來幫忙。第二天，「貨」就到了，買主只要付款就是了。我記得從來沒付過定金。我後悔的是，小時候心中只有蠶，只對「自然」發生興趣，不喜歡研究「社會」，所以至今還是不知道蠶從哪裡來。

我很認真的問瑋瑋：『賣蠶的小店在什麼地方？』

她覺得我的問題很好笑。她說：『不是小店，是同學。』回答完了以後，她還是覺得問題很好笑，特地把我這個好笑的問題轉告她的姊姊，而且下結論說：『笑死我啦！』她的意思是，真虧我想得出「賣蠶的小店」這幅圖畫來。

蠶從哪裡來？蠶從同學的掌中來。

瑋瑋把蠶放在小書桌上，觀察了一陣，然後抽出書包裡的筆記本來寫生字。三隻小蠶成為她的伴讀的愛物。對一個小學生來說，做功課能有三隻小蠶伴讀，真是無比的幸福。她一定是把那三隻小蠶，看成三隻可愛的波斯貓。

晚飯桌上，她不停的談論她的蠶，同學的蠶。她回顧日間發生的一切。可是對「媽媽」來說，她對未來的日子必須有一個展望。那展望使「媽媽」心驚。

果然瑋瑋說話了：『媽，明天能不能幫我找幾片桑葉？』

如果是我，在買蠶的時候就會想到桑葉的來源，想到未來的糧食供應問題。這會給「媽媽」增加多大的負荷！要是有一種桑葉供應公司就好了。我們可以去訂購桑葉，每天兩張，像訂閱報紙。每天早晨，我可以在信箱裡找到一個塑膠袋，裡面裝了兩片鮮嫩的桑葉。或者，有一種「育蠶院」，那麼我就可以讓瑋瑋的三隻蠶去住院，每星期六下午再帶瑋瑋去接三個小東西回來度週末。或者，最少有一條街叫作「桑樹街」，街道兩邊的行道樹，種的都是可愛的桑樹。既然這一切都不可能，摘桑葉就成了「媽媽」每天的工作了。她每天除了上班以外，還要準備三餐，照顧三個孩子和三隻蠶。

我問瑋瑋：『三隻蠶能不能退？』

瑋瑋說：『不能啊！這是我的蠶。』

一想起「媽媽」的辛勞，我真希望窗外颳起一陣風，吹走瑋瑋書桌上那一片有三個乘客的桑葉。

「媽媽」每天下班，都要繞道去拜訪種桑人家。她觀察過附近人家牆頭上的樹梢，記住了地點，然後逐日輪流去摁電鈴，自我介紹，說明來意，然後在家犬的怒目注視下，戰戰兢兢的去摘幾片桑葉。一家不能連續去兩次，因為那太打擾人家了。

有一次，她到一家種桑人家去摁電鈴，出來開門的是一個女孩子。母親在屋裡用懶散的拉長了的聲音，滿含慈愛和威嚴的問：『是誰來啦？』

女孩子高聲回答說：『那個要桑葉的太太又來了。』

我真想替「媽媽」去奔走。也許我可以自我介紹，說：『我是一個養蠶的孩子的父親……』

「媽媽」笑了笑。她不相信我辦得好這種事情。

每次我聽到瑋瑋埋怨：『媽，你又忘了帶桑葉回家了。你看，蠶餓得都挺直身子立起來了。』

我就會回答說：『帶桑葉太辛苦了。』

瑋瑋的出色的回答使我心驚：『養蠶不能怕辛苦。』

她已經把責任過渡給「媽媽」了。她只管輔導。

更使我心驚的是，有一天瑋瑋又帶回來一片大桑葉，那桑葉上爬著五隻蠶。她下決心要大量生產。

我新買了一件襯衫，裝襯衫的紙盒成了瑋瑋的「牧場」。盒底鋪著桑葉，桑葉上爬著八隻出色的蠶。綠綠的桑葉吃進蠶的肚子裡，化成蠶身上白白的肉。

有一天，我看見瑋瑋在找一個合適的小紙盒。我不問她做什麼用，很內行的遞給了她一個。上一代的往事，又要在她身上重演。第二天早上，她在小紙盒裡鋪好桑葉，然後在「牧場」裡選了兩隻最肥最圓最充滿活力的蠶，帶到學校去了。那是我童年也做過的「榮譽的展示」。肥大的蠶的軀體，會引起同學的歡呼。

『像一條豬腸！』這是最高的讚美。腸，是指小腸。

在學校裡的蠶的博覽會上，瑋瑋的成績一定不錯，因為她回到家裡以後，一直在談論有些同學所養的蠶。「瘦得只剩骨頭」，「細得像一根筷子」。

蠶經過頭眠、二眠、三眠、大眠以後，開始吐絲，造繭，變成蛹，變成蛾，然後剪破蠶繭，出來活動。瑋瑋觀察這些變化，心中充滿驚奇。蠶的生命史，在我的童年，曾經給我重大的啟示。我不斷的問自己：『這怎麼可能？』我也不斷告訴自己：『你親眼看到了。』然後，我狂野的思想逐漸變得馴服了。我心中湧起敬畏。

那八隻蠶蛾裡有三隻是蛾媽媽。幾天以後，襯衫紙盒裡遍布蠶卵。我相信，關於養蠶的知識，仍然像我童年一樣，在教室裡進行著口頭的傳播。不必經過任何指導，瑋瑋把那盒蠶卵放在縫衣機下面的鐵踏板上，那裡又乾燥，又通風。

她說：『明年春天，你們就有許多蠶！』

她要把她的成績，獻給這個家。

第二年春雷響，家裡遭遇到一次驚人的「蠶的人口爆炸」。那個已經被人遺忘的襯衫紙盒，成為「生命的紙盒」，整個紙盒裡蠕動著蠶的第二代。

我有些擔憂。如果把所有的這些蠶都養下來，「媽媽」每天就得挑一擔桑葉回家。如果「媽媽」有一天忘了，所有的蠶都會撅起身子，把頭舉得高高的聯合起來舉行反飢餓大會。我彷彿聽得見蠶群的呼喊：『我們要桑葉！我們要桑葉！』

瑋瑋邀我去參觀那個可怕的「育嬰室」，問我：『怎麼樣？』

我的感想只有兩個字：『不行！』

我的擔憂是多餘的。『放心。』她說：『只要留種就夠了。』

我明白她的意思。她懂得處理這樣的事。我確實應該放心。從那一年起，我們家裡就沒斷過蠶。有一條無形的蠶絲，穿過家的史冊，連續不斷。

現在，後院已經有了兩盆桑葉。那是家裡那些長期住客的糧食。瑋瑋也成為養蠶的國中生。

桑葉是很美的。兩盆桑葉跟別的盆栽放在一起，特別顯出一種高雅瀟灑的風度來。細細的枝子，錯落的葉子，確實是不俗氣的植物。

我有時候也到後院去走走，去看看那桑葉，去欣賞那清高的氣質。

蠶已經走進了我的生活，因為瑋瑋養蠶。

我心目中的家，除了我，除了「媽媽」，除了三個孩子，除了小狗斯努彼，除了兩隻巴西小烏龜，除了一對白色的小鳥，還應該包括幾隻沉默的蠶。

斯努彼記事

我不知道斯努彼能不能算是一隻「成狗」，我的意思是說，牠是不是已經算是長成了。有些時候，牠看起來很老成；有些時候，牠充滿稚氣。不過，家裡的五個人，心目中都已經承認牠是個伴兒，這是不必懷疑的。

牠是一隻有責任感的狗，這一點最受我賞識。我們從來沒告訴過牠：『這個家歸你看守。』但是牠很靈巧的，能自己體認職責範圍，然後很忠心的執行自己的任務。

斯努彼認為路上行人不應該在我家大門前逗留，尤其不應該站在大門前高聲談話。牠認為這是對住戶的侵犯。牠把緊挨大門的那一平方公尺路面列為禁地，只許人平靜通過，不許停留喧譁。遇到有這種事情發生，牠一定走到門邊，放聲大叫：『請自重，請自重！請走開，請走開！』

門外鬧聲不停，斯努彼的叫聲也不停。通常是，在門口喧譁的路人被牠吵得沒法子說話，只好罵一聲：『吵死啦！』敗興的散了。斯努彼是以吵制吵，用噪音取締噪音。

斯努彼是不咬人的，但是我不能對我的客人這樣說。我真正能夠保證的，只是牠不咬主人。我從來沒拿客人來做過實驗。通常有客人來的時候，家裡必定大亂。客人在門口等，主人在屋子裡追狗，非得等到把牠捉住，抱在身上像抱一個孩子，才敢去開門。斯努彼使我們慢客。

我帶瑋瑋去逛遠東百貨公司，看到愛犬部門出售粗鐵絲彎成的狗籠，樣式也很美觀，就動了心。這種鐵絲狗籠，四面通風，把斯努彼關在裡面。牠一定不會有受幽禁的感覺。牠照樣可以聽，可以看，可以聞，可以叫，只不過沒法子走到客人身邊就是了。這是理想的狗籠。當然，從我的觀點來看是這樣；要是站在斯努彼的立場，最理想的狗籠應該是我住的整座房子。

我一直以為斯努彼會抗拒我的安排，事實上並不。牠很喜歡這個狗籠，不停的對狗籠搖尾巴，臉上的神氣好像是說：『這是一個美麗的狗籠！』牠第一次走進狗籠去臥著的時候，臉上更有『真不好意思，好東西都讓我一個人享受』的歉意。

從此以後，我們只要接到客人要來的電話，就馬上去關狗。關狗並不難，就好像哄一個學齡前兒童走進油漆得紅紅綠綠的兒童臥室。我們所以能夠辦到這一點，實在是因為我們一向不准斯努彼走進客廳，使牠沒機會觀察電話跟狗籠的關係。不然的話，你聽完電話就別想找得到牠。

斯努彼一直以為我們叫牠進狗籠，是為了看看牠在狗籠裡的樣子，所以總是很熱心的帶著「讓人照相」的心情走了進去。不久以後，客人到了，牠才知道上當，用鄙夷的叫聲喊著：『騙人騙人騙人！』

客人來了，可以安心的觀察斯努彼，我也可以安心的告訴客人說：『牠咬不到人。』唯一的不安是，我知道斯努彼在那兒罵人。

斯努彼是一隻膽小狗，膽小狗的警覺性都很高，風吹草動，對牠來說，等於是驚濤駭浪。聽到斯努彼的叫聲，開門去看，很可能只不過是一隻麻雀飛落庭院。有時候，牠的叫聲充滿恐怖氣氛，使你不能不出去應變。但是，你看到的，只是一隻鄰居的貓，借道從牆頭上走過。我們給牠起了個外號，叫作「日夜不安」。

牠的日夜不安，使我們在屋子裡過得很放心。牠是我們的雷達，我們的聲納。牠是我們的哨兵，會隨時向我們報告：『外面有情況！』

四面通風的狗籠，使瑋瑋實現了「有狗伴讀」的大理想。斯努彼並不是一隻有書卷氣的狗，不可能拍電影似的靜臥在書桌邊陪伴公主讀書。牠的四爪都有輪子，一刻也站不住，要牠「做姿勢」，等於虐待牠。你剛幫牠擺好姿勢，再回頭，原地已經沒有牠的影子。牠可能已經走進洗澡間，前爪搭著澡盆的邊緣，正在窺探這矮牆的另一面有些什麼東西。還有一個更大的可能，那就是躲在房間的另一邊，享用瑋瑋苦心準備的「工作點心」去了。

狗籠使瑋瑋能夠把斯努彼「固定」在指定的地方，好好兒伴她讀書。但是這場面跟瑋瑋心目中的電影鏡頭就有很大的距離了。唯一可以使瑋瑋覺得安慰的，就是她可以把斯努彼看成鳥籠裡的籠鳥。

斯努彼對澡盆發生興趣是有原因的，因為牠也有自己的澡盆，那就是二樓後廊裡水龍頭下的方池子。二樓的熱水器就裝在水池邊的牆上。斯努彼窺探二樓澡盆的時候，我可以從牠臉上讀出牠的表情：『你們有澡盆，我也有。你們有熱水龍頭，我也有。你們這個澡盆沒有我那個澡盆好。你們這個澡盆太滑，我那個澡盆是磨石子的。你們這個澡盆挨著地，我那個澡盆在牆上，空氣好。』

瑋瑋現在已經是替斯努彼洗澡的好手。她先在水池裡放滿溫水，然後讓斯努彼坐在「溫泉」裡。斯努彼很乖的享受「坐在水中央」的樂趣。我相信世界上沒有第二隻狗能像斯努彼那樣放心的坐在水裡。所有的狗，天生的對水懷著戒心。斯努彼的放心，是因為對瑋瑋有信心。牠的神態像一位坐在美容院裡的主婦。

牠聽任瑋瑋替牠打肥皂，替牠刷身，用鋼梳替牠梳毛，不掙扎，不抗拒，不驚恐。給一隻對你有信心的狗洗澡，比給一個小娃娃洗澡容易得多，因為牠不玩水。

對瑋瑋來說，被狗濺了一身水的事，早已經成為過去了。她洗狗像洗碗。

斯努彼洗完了澡，知道瑋瑋會把牠放到鋪在地上的一條舊床單上去。牠會自動的，「用牠的身子去擦床單，把床單擦溼」，然後，牠抖擻抖擻一身蓬鬆的毛，很體面的走出了潮溼的床單。

受恩的人，對恩人懷著敬意。受恩的狗也是。對家裡的其他四個人來說，斯努彼是一隻淘氣狗，為了讓牠就範，有時候不得不動手。但是瑋瑋不同，她對斯努彼開口發命令。

狗也有「內心的掙扎」。瑋瑋把斯努彼喊上二樓，如果再沒有其他的指示，斯努彼就不敢下樓。儘管蘇打餅乾對牠有極大的誘惑力，也沒法子把牠引下樓來。牠站在樓梯口，看著餅乾大叫，就是不敢下樓梯。牠忍受不了內心掙扎的痛苦，就會跑回瑋瑋的房間去求情，去控訴瑋瑋的缺乏人情味。『固執固執固執！』牠會對著瑋瑋大吼。

對瑋瑋來說，這是她最得意的時刻，不過她並不認為對斯努彼的折磨是一件榮譽的事。

『下去吧！』她發出命令。

斯努彼狂奔下樓，直撲那隻拿著蘇打餅乾的手。

不許斯努彼進客廳，這不是一道嚴格的命令。只要有人帶，牠照樣可以進來。櫻櫻、琪琪都喜歡在晚飯後，把斯努彼帶進客廳來玩玩。那時候，斯努彼臉上的表情是很動人的。牠興奮，帶著歉意，快樂，同時也很不安。看到牠的神情，我不得不承認牠已經是一隻「成狗」了。

牠懂得一些規矩，同時也以牠的神態表達自己的立場：『是孩子們要我進來玩玩。她們玩夠了，我會出去。您放心好啦。』

悼巴西小烏龜

烏龜是安靜的動物。從來沒人聽見過烏龜叫，也沒人聽見過烏龜吵架。喜愛小動物的小孩子養一隻小烏龜，也比較不容易引起家長的反感。有許多家長鼓勵小孩子養小烏龜，含有讓小孩子學習安靜的意思。

我不大懂得烏龜。我的意思是說，我不知道烏龜能不能跟人類建立感情，因為烏龜太文靜，太內向，太不會表達自己了。我不懂得跟烏龜建立感情，正像我不懂得跟螞蟻建立感情一樣。我希望了解烏龜，可是每次我都很失望。

有一位「釋迦牟尼」告訴我說：『烏龜是有感情的。』他說他養過一隻中型烏龜，龜殼有二十公分長。幾年以後，他要搬家就把烏龜送到一座大廟的放生池去放生。他走的時候。回頭去看。那隻烏龜用「立泳」的姿勢，把頭伸出水面，像是要跟他告別。他想起彼此多年相處的情分，忽然鼻子一酸，流下了眼淚。

我很羨慕這隻烏龜的主人，因為他有福氣得到烏龜的回顧。

我只希望烏龜能像小雞兒那樣就好了。你拿東西餵牠，牠會向你走過來。只要能這樣就夠了。

如果牠還能像小狗一樣，不只是向你走來，還能搖著尾巴，而且吃完了東西，你說一聲：『去玩兒吧！』牠就會聽話走開，那就更好了。可惜我從來沒遇見過這樣的烏龜。烏龜從來不對我流露感情。

我童年養過一隻「旱龜」，龜殼兒有十二公分長。我把牠養在三樓的臥室裡。牠東躲西藏，不喜歡跟我見面。有時候同學來我家，為了向他們顯示我生活的輕鬆面，我說：『我養了一隻烏龜。』

『真的啊？在哪兒？』同學問。

『就在這屋子裡。』我說。

『讓我們看看。』

『誰也不知道牠在哪兒。』

同學們都流傳一個故事，說我幻想我養了一隻烏龜。我第一次生烏龜的氣，牠破壞了我的名譽。

小時候我膽子小，睡覺一向不關電燈。有一天夜裡醒過來，看見那隻烏龜在地板中央散步。因為是在半夜裡，我不敢下床去捉牠，但是我心裡非常高興，覺得牠是特地出來為我爭口氣：『這個孩子真的養了一隻烏龜。他沒騙你們。』

我只不過因為能見牠一面，心裡就那麼高興，可見我對牠已經有了感情。可是牠對我呢？牠把頭抬得高高的，看都不看我一眼，一步一步的，很吃力的走到衣櫥下面去了。

我們家逃難的時候，我很想把牠帶走，但是整個臥室都找遍了，也沒見到牠的影子。牠成為我最懷念的一隻烏龜。

現在我們家裡的烏龜，是瑋瑋帶回來的。臺北的小孩子，養的巴西小烏龜，龜殼兒只有四公分長。那時候她讀三年級，有一天下午放學回家，帶回來一隻很可愛的「迷你烏龜」。『一隻二十五塊錢。』她說。

我們都覺得她的手面很大。不過，因為她花的是自己的積蓄，所以大家都沒有話說。這隻烏龜，一定不是「龜兔賽跑」裡的烏龜。牠太小了，一個火柴盒都比牠大。兔子可以把牠叼在嘴裡像叼一塊餅乾。

我問瑋瑋怎麼處置這隻小烏龜。我很欣賞瑋瑋回答的話。『放在家裡，慢慢的看。』她說。

我把烏龜抓過來，輕輕放在地板上。瑋瑋問我做什麼。我只好告訴她，這就是養烏龜的唯一辦法——把牠放在地板上就對了。我不知道還有第二種辦法。瑋瑋覺得很好笑。很顯然的，我對「進口的烏龜」一點認識也沒有。

『這是巴西小烏龜。』她說。她拿了一個塑膠盆，放一點清水，讓小烏龜住在盆子裡。我把這種小烏龜叫作「觀賞烏龜」。

第二天，瑋瑋又帶回來一隻。『也是二十五塊錢。』她說。我們覺得她手面更大了。

『這是給昨天那一隻做伴兒的。』她說。

家裡養狗，就有狗叫聲；養鳥，就有鳥叫聲。可是養烏龜就跟養蠶一樣，是什麼聲音也沒有的。

小孩子很可愛，小動物也很可愛，可是我覺得更可愛的是「小孩子養小動物」這件事。小孩子要長大，要知道生命到底是什麼，就必須養小動物。養小動物完全是為了觀察，為了吸收有關生命的知識。這是一件很莊嚴的事情。小孩子用嚴肅的態度，注視蠶的生命的變化。他心中必定充滿驚奇。養兩隻小烏龜，像是一件充滿稚氣的事情，但是反而給了我「孩子長大了」的感覺。

第二隻巴西小烏龜，是一隻命大的烏龜。瑋瑋形容牠是「撿回來的小烏龜」。瑋瑋是用一個小盤子裝小烏龜的。她走得很快，只想著要早一點回家。小烏龜沒有旅行安全的觀念。牠爬上盤子的邊緣，跌落在人行道上，童話似的離開了新主人。

有一個過路的人追了過來，說：『小妹妹，你的小烏龜掉了。』

瑋瑋謝了謝那位伯伯，跑回去撿。那隻命大的小烏龜，正在紅磚人行道上，像蝸牛似的散步哪。瑋瑋敘述這件事情的時候，觸動了我的童話心，也等於為我提供了一個童話題材：烏龜和蝸牛賽跑。這兩個有名的「慢性子的傢伙」，如果真的舉行一場比賽，烏龜會不會因為自己跑得實在太快了，因此就驕傲起來，在路邊睡覺等蝸牛？

瑋瑋有兩隻小烏龜以後，就著手替牠們布置生活環境，小塑膠臉盆裡有細沙，有石頭，有清水。她把小塑膠臉盆放在二樓的後廊，那是陽光最多的地方。

兩隻小烏龜在「沙灘」上爬著，有時候也爬到石頭上揚眉吐氣。陽光給牠們溫暖。烏龜是冷血的，陽光給牠們帶來生命的活力。我最覺得驚異的，是烏龜的野蠻的飲食。牠吃生肉，也吃死魚，使我越想越不自在。我常常陪瑋瑋去看烏龜，兩個人拿烏龜做題材來談話。可是在餵烏龜的時候，我就躲得遠遠的，避免去看。我把魚看成邪惡的動物，就因為魚會吞食同類。我一想到魚肚子裡裝著另外一條魚，我就會翻胃。我們搬家的時候，兩隻小烏龜當然也跟著來到新居。這一回，牠們住的是前廊，前廊陽光好。

新居有足夠的空間讓「媽媽」發展她的植物園，讓瑋瑋發展她的動物園。瑋瑋的動物目錄裡包括：一隻定居狗，一隻寄居貓，兩隻鳥，四條金魚，一盒蠶，外加一對巴西小烏龜。

那時候，她讀小學六年級。白天，她在學校裡要應付瘋狂的升學疲勞作業，接受「物競天擇」的殘酷考驗，但是回家以後，她寵愛那些動物，使牠們可以不必為生存而奮鬥。兩隻巴西小烏龜，得到了最好的照料。

可惜的是，瑋瑋要照顧的動物太多，慢慢的就有點忙不過來了。一聲不響，而且幾乎也可以說是一動不動的小烏龜，漸漸的受冷落了。幸虧烏龜很能忍受飢餓，幾天不吃不喝也能活著，所以並沒發生變故。就在這個時候，我對兩隻小烏龜發生了好感。牠們使我想起「忍受寂寞」的人生哲學。一個人必須先能夠忍受寂寞，快樂才有保障。不怕寂寞的快樂，才是真正不會失去的快樂。我一直認為「莊子」的快樂，就是這一種快樂。只有這種快樂，才能使人寂寞而不憔悴。

一個怕寂寞的人，最重視報答。太過重視報答了，就永遠達不到「老子」所說的「生而不有，為而不恃，長而不宰」的境界。達不到這種境界，就永遠成不了耶穌所說的「世上的鹽」。

烏龜，烏龜，雖然你是巴西來的，卻能傳授我中國的哲理。有一段日子，我成了最愛看烏龜的人。

可惜的是，我也跟瑋瑋一樣，一天到晚的忙著，也成為一個「不怕烏龜寂寞」

的人了。

前天，一家人在一起吃晚餐的時候，我忽然想起巴西小烏龜來了。『我們的兩隻小烏龜怎麼樣啦？』我說。

『死了一隻了。』「媽媽」很抱歉的說。

我很難過，因為我覺得好像失去了一個朋友。人跟烏龜不可能產生感情，這想法並不正確。不過，另外一個念頭卻安慰了我：

在牠的心裡，世界上有牠，沒牠，完全一樣。牠根本就不怕寂寞，因此你心裡有牠，沒牠，對牠也完全一樣。牠本來就很快樂，並不因為你為牠難過就覺得更快樂。牠本來就不憔悴悲傷，你用不著想藉「為牠難過」來減輕牠的憔悴和悲傷。

不過，我還是有點兒難過。

卷三

我和鵝

那兩隻鳥

我根本沒時間去研究這兩隻鳥是什麼鳥。忙碌的現代人的特色是他不能什麼事都管。如果他——如果我連這兩隻鳥是什麼鳥都要管，我一定會忙不過來。『我不是研究鳥的。』我安慰自己說。

我對這兩隻鳥發生好感，是因為這兩隻鳥不製造麻煩。牠們在我家裡過牠們自己的日子，對我家裡的一切事情一概不聞不問。有時候我真把這兩隻鳥忘了。我會帶著疑惑的問自己：『我們家真養了鳥了嗎？』

我替這兩隻鳥添過鳥食，換清水了。那是在我想起來了的時候。要是我想不起來，我就當然不會去幫牠們添鳥食，換清水了。「媽媽」說這兩隻鳥有福氣。這句話，話裡有話：我們一家五個人，總會有人在某一天，「無緣無故」的走過去幫牠們添鳥食，換清水，而且不認為自己做了什麼重要的事。這種「不規則的輪流」，沒人知道是怎麼發生的。

有一段日子，我確實關心過這兩隻鳥，天天給牠們添鳥食，換清水。然後，因為忙，我又不管了。不管也沒有關係，總會有人管，不是這個人，就是那個人，總有那麼一個人。我把這種鳥，叫作「忙人養的鳥」，適合忙碌的家庭飼養。牠們住的是一個中型的竹鳥籠，一尺二的立方。這個竹鳥籠一直放在客廳的磨石子地上。這並不是說，我們把鳥籠買回來的那一天，就有了這樣的安排。當初我們是打算把鳥籠掛在前廊的鐵欄杆上的。前廊有一盆茂盛的棕櫚盆栽。我們的計畫是讓鳥籠挨近棕櫚的綠葉，造成一種「林間」的假象，然後讓牠們在林間歌唱，而且是像一個詩人所說的「沐浴著陽光歌唱」，因為夏天早晨的太陽，總是先照我們的前廊。

但是大家都很忙，家裡不可能有人閒得每天去掛鳥籠。因此，在某一天夜裡，某一個人收回鳥籠，放在客廳裡的磨石子地上以後，鳥籠就再也沒離開過那個位置了。「媽媽」第一天掃地，也許把鳥籠往左邊挪一挪，但是第二天掃地的時候，又把它挪回去了。鳥籠總要掛起來才有意思，但是在我們家，大家一談起這兩隻鳥，眼睛就往地下看。

鳥店的老闆說這兩隻鳥是白文鳥，「媽媽」又說是小紋鳥。牠們的羽毛確實很白，在陽光下真是白得刺眼。嘴是淡紅的，顏色像「蓮霧」的果皮。最可愛的是眼睛，像小小的黑色珠子。

鳥類的眼珠子有各種深淺不同的顏色，但是瞳仁大概都是黑的。瞳仁周圍的虹彩，顏色如果是淺色，那麼眼珠看起來就像一淺一深兩個同心圓，最難看，而且有些可怕。鷹類的眼睛就是這樣。如果瞳仁周圍的虹彩是深色，跟黑色的瞳仁相似，那麼整個眼珠就會像一顆黑珠子，看起來最美，而且充滿稚氣、純真的意味。這兩隻白鳥的美，就美在牠們有黑眼珠。

我並不像一般的養鳥人那樣的每天去看鳥。我的日子要是能過得那麼閒適就好了。我有時候忙得連家裡有狗都忘了，當然更不會想起家裡有鳥。我是我家客廳的稀客，更不可能常常坐在客廳裡看鳥。不過，人生到處是「偶然」，在我接近鳥籠的時候，我會忍不住回頭去看牠們一眼。那時候，我會忍不住的想：『真美，真善良，真可愛！』然後匆匆走開。

我叫牠們「一對白鳥」，意思是「兩隻白鳥」，並不含「一雌一雄」的意思在內。有時候我看牠們像兩隻公鳥，有時候我看牠們又像兩隻母鳥。不管是公是母，牠們相處非常和諧。尤其是夜裡，兩隻鳥頭挨著頭，並排擠在草窩裡，尾向裡，頭向外，像一對兄弟，像一對姊妹，像一對雙胞胎，樣子很可愛。我挨近去看，牠們的眼睛已經「閉幕」，原來都睡了。

牠們都很會唱。牠們的鳴聲是最動聽的「天氣預報」。早晨醒來，如果有清脆的鳴聲傳到枕邊，那麼我就會聯想到陽光照耀的前院，想到那些綠葉，那些花朵。

我會告訴我自己說：『今天是一個好天，出門可以不帶那把笨重的黑傘。』

研究鳥類的人說，鳥的歌唱都是情歌。鳥唱歌的時候，表示牠心中「充滿了愛情」。真是「佛洛依德」的信徒！從心理學的觀點來看，牠的歌聲所代表的應該是「生命的滿足感」。有了生命的滿足感，然後才有其他次要的東西。在「受挫感」的陰影下，通常不會有感情。愛情是「成就感」的產物。我寧願相信兩隻白鳥唱歌是因為心裡快樂。

家裡的人還相信白鳥的歌聲也表示牠們想跟我們交談。牠們不一定是在那兒歌唱，牠們在那兒喊人。

「媽媽」有一次經驗，就是她走近鳥籠的時候，兩隻白鳥就大叫不止。這種叫聲使她感到兩隻鳥有什麼不對，然後她注意到鳥籠裡的食槽和水槽都已經空了。她把兩隻鳥的叫聲翻譯成：『沒東西吃了！』『渴死了！』

這一次經驗使「媽媽」寬心了。她認為從此以後，不必再為兩隻鳥作無謂的擔憂了。萬一她忘了照顧牠們，牠們會發出通知，她說。

「媽媽」在晚餐桌上把她的經驗告訴了大家。這就使兩隻鳥更安全了。無論是誰，只要聽到鳥的叫聲，就會直接把它翻譯出來：『鳥沒東西吃啦！』

我注意到鳥啄食的速度。牠啄食一粒粟的動作，快得像閃電。如果牠連續啄食五粒粟，你會看得眼花，而且事實上你什麼都沒看到。你只不過知道牠剛才啄食了五粒粟罷了。

我也知道兩隻鳥都很重視那個小小的水槽。水槽裡的清水，是牠們的飲用水，同時也是洗澡水。牠們有時候用嘴蘸水來梳理羽毛，有時候跳進水裡去玩兒。

牠們文靜，和平，可愛，但是大家都很容易把牠們忘了。大多數的日子，我們的意識裡都沒有這兩隻鳥的存在。

我不斷的談這兩隻鳥，是因為我心中早有許多話要說。我希望我能在談鳥的同時，也說一說我想說的話。

古代的人有一種符合心理衛生的活動，就是看魚，或者觀魚。讓一個心浮氣躁的人安靜下來的好方法，就是叫他去看魚。他要看魚，頭一件事就是要站得住，或者在池邊的石頭上坐得住。只要他站得住或者坐得住，他的心氣就已經平靜了一大半。

如果只讓他在池邊罰站，並不看魚，那只能是一種「靜止」或者「停止」，並不是幸福人生所應該具有的那種「和諧」。他仍然應該有活動，應該在活動中保持心平氣和的狀態。魚的從容不迫的優美動作，值得他觀賞。在觀賞中，他會逐漸調整自己的心理節奏：不再那麼急躁，不再那麼沒有耐心。生命是動的，但是要動得自在安適。

人看魚的時候，也是他反省的時候。他會注意到，拿自己的心意活動和游魚優美的動作相比，自己似乎已經是越動越心煩，越動越急躁。那麼，這裡頭一定是有什麼地方不對，有什麼地方不妥當了。他可以利用只有自己一個人在池邊，暫時不和任何人接觸的獨處時刻，檢討檢討自己對一切事情的安排。他會發現一切的不順適，都是自己錯誤的想法，錯誤的行為，錯誤的安排造成的。他利用看魚的機會，靜下來，對自己的想法作最好的調整。

我們可以從古人的看魚活動，領悟出一池鯉魚對一個人的必要。一池鯉魚，對古人來說，也許就等於是一張「佛洛依德」的躺椅。他在池邊檢討，反省，調整，然後重新清醒過來。

大都市裡的居民，住在公寓，他所能享有的所謂「院子」，擺一輛機車都嫌擁擠，哪裡還能有池子養鯉魚。不能養鯉魚總可以設法養別的東西，只要那東西能代替鯉魚。

我那兩隻白鳥就是我的鯉魚。狗就不是。狗太活潑，太「歡樂」，太親熱。你根本沒法子在一隻舔你，纏你，搖著尾巴圍著你轉的狗的旁邊靜靜的思想。我那兩隻白鳥跟狗不一樣。牠們很斯文，很安靜，很心平氣和。

在我覺得自己有些急躁，似乎對一切都失去了耐心的時候，我喜歡一個人幽幽的走進客廳，靜靜坐在鳥籠前面看鳥。

如果我是被一件小事激怒了，白鳥會告訴我一些有關憤怒的心理衛生常識。如果我心中有挫折感，白鳥會為我念一段有關心理健康的小論文。如果我因為過度疲勞緊張而積聚了一些卑劣情緒，白鳥會給我適當的勸告，叫我暫時拋下一切去睡一睡。

白鳥是放在我的牆角的一面「心鏡」。在日子過得很充實的時候，我常常忘了它的存在；但是，我總有去找它的時候。

白鳥白鳥，我們雖然同在一個屋簷下，但是你過的是你的日子，我過的是我的日子。我們好像彼此相忘，不過，我也會有去找你的時候。

善良的棉花

有一個詩人，寫了一行詩說：『都市之美何處尋？』我可以回答他說：『都市之美在星期日。』

去年春天，一個星期日的早晨，客廳裡陽光鋪地。落地窗外的廊子裡，一盆綠色的棕櫚像綠色的孔雀展開了綠色的雀屏在陽光下綠得耀眼。這房子向南，小客廳也向南，所以上午的陽光是必來的訪客。這訪客必定也帶來一些樹影像隨手帶來的禮物。這禮物必定放滿一地板。

在其他的日子，一城人像興奮的蜜蜂，都市的空氣中充滿了嗡嗡嗡的聲音。街道成為賽車場，連這條巷子都成為交通孔道。精明的計程車選擇了這條巷子來解決交通規則和顧客荷包彼此的糾紛。兩條大道中間的這條橫巷，也必然成為人流的運河。在賣菜車、水果車、饅頭車、豆腐腦車、烤番薯車、家具修理車的心目中，這巷子又像一個湖，一個可愛的，可以展開作業的湖。在其他的日子，這條巷子像繁忙的織布機，也像「以製造聲音為樂」的收音機。

巷子裡處處是可愛的牆，有向人提供樹梢的牆，有爬滿開花的藤蔓的牆，有擺滿盆栽的牆，有護著雄偉大樹根部的牆。

只有在星期日，我說過的，只有在星期日，這條巷子才能在陽光下呈現出它的風姿，像一個梳過頭的人。這時候，南牆鍍金，北牆在道路上布下影子。巷子裡一片寧靜，只有一個把客廳奉獻為聚會所的牧師的家，只有鄰巷樹影中的小禮拜堂，傳出讚美、感謝的歌聲。

只有在星期日，你才能看見麻雀飄落你的院子，做受寵的白狗的客人，享用牠身旁食盆裡剩下的飯菜，啾啾啾啾的談論家長里短。只有在星期日，你才能聽到鳥的歌唱：有野鳥的歌唱，有籠鳥的歌唱。只有在星期日，你才能聽到八哥兒說話：『老闆你好！老闆你好！』

這條巷子，在星期日，寧靜得什麼聲音都聽得見。你甚至聽得到有一戶人家的小客廳裡，收音機正在低低的播放阿B用「校園歌聲」的唱法，唱出了柔柔純純的〈你的影子〉。

我聽到我的家裡也有歌聲，是清脆的鳥的歌聲：『璧玉璧玉璧玉璧玉……』第一陣「璧玉」剛唱完，另外就有相同節奏的歌聲來響應：『翠玉翠玉翠玉翠玉……』在歌聲中，你看到客廳裡陽光的美、影子的美、綠葉的美，掛在綠葉間的竹鳥籠的美。你感覺到七天一休息這種生活節奏的可愛。你感覺到家居生活的幸福。你會貪心的推測，是不是在其他的日子裡，上午都有這樣美好的時刻。你會希望自己是一個不上班的家庭主婦，情願用一整天的辛勞換取這美好的一小時，半小時。

這「璧玉曲」、「翠玉曲」，是我的兩隻「白十姊妹」唱的。牠們的籠子，就掛在前廊盆栽的綠葉間。

在過去的日子裡，這兩隻白十姊妹只是我的「家庭動物目錄」裡的一筆帳。我只知道這是瑋瑋買的產，再也不知道其他。但是現在牠們的歌聲能引起我幸福的感覺，我對這小小的靈慧的生命就不能再那麼不關心了。我從心裡，對牠們發出「善良的棉花」的讚美。

他們都是羽毛雪白的小型鳥，有粉紅色的鳥喙。眼睛是最好的福州黑漆點出來的兩個發亮的小黑點。那一對眼睛所發出的神采，最能洗滌看鳥人心中的「傷害念頭」。

牠們的善良，是遠離邪惡的善良。牠們的善良，不是跟邪惡對立的善良。那善良是純粹的善良，是生活在一個根本沒有邪惡的世界裡的善良。牠們是一對姊妹，相處得非常和諧。

在那樣的一個星期日，我第一次站到籠前去訪問這兩個小房客。我體會到和諧的美，善良的美。我體會到人類要享受善良和諧的人生，眼前真是千頭萬緒，不知道還要走多遠的一段路。

從那個星期日以後，牠們成了我的朋友，我成了牠們的朋友。我的祕密是：心中一旦有怒意，只要站在籠前，那怒意就很容易克服。牠們的「璧玉曲」、「翠玉曲」唱出我應該牢記的聖經裡的句子：「愛是不發怒」。

這一對小房客，到我家來已經快一年了。牠們的小竹屋原來住有一個房客，那是瑋瑋心愛的一隻「會唱歌的鳥」。瑋瑋是小忙人，家裡其他的四個人是大忙人。大家忙到什麼程度？這只有用火車站裡「跑月臺」的人的形象來形容。每一天，每一個人都有過多的事情要做，生活中充滿了大大小小接連成串的「來不及」：來不及上班，來不及上學，來不及乘校車，來不及買菜，來不及倒垃圾，來不及燒飯，來不及開會，來不及交作業，來不及寫文章，來不及澆花，來不及餵狗，來不及餵魚，來不及餵鳥。有一天，就因為「媽媽」來不及上班，替那個「事實上唱得並不很好的歌唱家」換了清水，添了鳥食以後，就忘了關籠門了。那結果當然是那歌唱家就一去不回，「消失在太空裡」——瑋瑋說的。為了填補這個缺額，瑋瑋堅持要馬上再到鳥店裡去買一隻鳥。她跟我商量，一定要「父親銀行」陪她一起去——去付款。她本來有雄心要買一隻白鸚鵡，我只好暗示她，這個「父親銀行」當天的支付能力並不很高。想不到她一進了鳥店，就被紅嘴白羽毛的十姊妹所吸引，而且更因為「這種鳥的價錢比白鸚鵡便宜得太多了」，所以一口氣買了一對。我很滿意當天的進貨：較少的支付，更多的樂趣。我反對買白鸚鵡的理由不僅是支付能力的問題，更要緊的是我根本不懂怎樣教鸚鵡說話。

白白的，柔軟的，像一小團棉花：這是我用來形容「白十姊妹」的話。因為一共有兩隻，所以我應該說：像兩小團棉花。因為這兩小團棉花都那麼善良，所以我應該說：像兩小團善良的棉花。

這一對白十姊妹進了家門以後，對我來說，是完成一次進貨；對瑋瑋來說，是補足了缺貨；對「媽媽」來說，是「短暫假期」的結束。她享受三天不餵鳥的「假期」以後，即刻又恢復工作。她仍然過著每天在匆忙中飼養動物的生活：餵狗、餵鳥、餵魚、餵蠶、餵巴西小烏龜。她為瑋瑋管理動物園。

我不反對家裡有兩隻鳥，因為家裡除了「人」以外，還能有其他的生命共同生活，會給我一種奇異的感覺——只要一想起，就會有那種奇異感。

最初，我看待那兩隻白十姊妹像看待一本藏書。沒有一個人能每天檢閱自己的全部藏書，就是藏書家也辦不到。白十姊妹是我不常接觸或者根本不接觸的藏書。

我不知道那小竹屋每天是什麼時候掛到前廊的鐵欄杆上的，也不知道每天夜裡那小竹屋是怎麼回到客廳裡來的。我甚至在看電視的時候，也不覺得客廳還有另外兩個小生命的存在。如果不是因為那個星期日我發現了牠們的美質，牠們就只能永遠只是我的一份普通的「動產」了。

那個星期日以後，我的生活有了些微的改變。兩隻白十姊妹的形象，時時在我的視覺檔案中出現：白羽毛，紅鳥喙，兩隻烏溜溜的黑眼睛。

我成為家裡唯一真正的看鳥人，聽鳥人。

在出門上班的時候，我會去看看牠們。有好幾天，我會放下提在手上的小手提箱，去為牠們換清水，添鳥食。陽光好的日子，我會把小竹屋掛在前廊的陽光裡。圍牆上的貓影會使我感到情緒的緊張，我會目不轉睛的監視著那隻軀體龐大的公貓和平的通過院牆。

有一天早上吃早餐的時候，我凝視靜聽「璧玉曲」、「翠玉曲」。匆匆進餐的一家人，都對我的神態起了疑惑，問我到底在聽什麼。我很驚訝的發現，飽受「奔忙」折磨的一家人，根本聽不到白十姊妹的歌聲。不是那歌聲不存在，是那歌聲根本進不了意識層面。大家都在「趕生活」，都有自己的心事，歌聲對大家不只是沒有特殊意義，根本已經不具備任何意義了。

但是對我來說，那歌聲是清晰的，是跟任何不具備意義的聲音不相同的。那歌聲給我帶來兩個美的形象，那歌聲也帶來了善良的覺醒。

「善良的棉花」，你的善良，比邪惡的人的邪惡，給我更多的影響。那歌聲像軍中的晨起號，告訴我：如果你不相信善良，如果你不是善良的，那麼你怎麼感化邪惡，戰勝邪惡？你相信這世界上會有「比邪惡的人還要邪惡」的勝利的善良人嗎？

善良的「棉花一號」、「棉花二號」，願你們常常為我唱歌，祝你們比一般的白十姊妹長壽！讓我代替「媽媽」照顧你們。讓換清水，添鳥食，成為我每天的工作。

給斯努彼的信

斯努彼：

「汪汪，汪汪汪，汪，汪汪」——算了，我不會用你的語言寫信，還是用我的語言來寫方便些。

你看到這封信，一定會很不安，以為你無心犯了什麼嚴重的過失，所以你的主人要給你一個「書面的警告」。你放心。我寫這封信，只不過是覺得我太自私，太冷落了你，所以忍不住提起筆來，想跟你談談。同時，我還想告訴你一個好消息。這消息跟你有關，是我們大家最近所做的一個決定。這決定，已經正式列入紀錄——用正楷寫在家庭記事冊裡。

瑋瑋說的：『這件事，就由爸爸正式通知牠吧。』為了要「正式」，當然就要寫在紙上。這是你不懂的。在人類社會裡，有許多叫作「正式」的東西，意思就是「寫在紙上」。如果不寫在紙上，就不能算「正式」。

我要通知你什麼？你先別急。等一下我自然會告訴你。

你是一隻寂寞的狗。我的意思是說，你不幸生活在一個「忙碌的世紀」的「忙碌的社會」的「忙碌的家庭」裡。我們這個家，給你的印象一定非常惡劣。每一個人，一回到家裡就忙個不停。每一個人永遠是「經過」你身邊，從來沒有「專誠去看看你」那回事。養魚的人看魚，養鳥的人看鳥。我們養狗，偏偏不看狗。我們是一列電聯車，把你看成不值得一停的小站。

不過，我希望你不要為這件事感到憤慨。你並不是家裡唯一的動物。你是「唯四」，瑋瑋說的。除了你以外，家裡還有一對白鳥。我們常常把那一對白鳥餓得大吵大鬧，高聲喊叫「反飢餓」。聽到牠們的叫聲，走近去看，才知道鳥食不知道在哪一天早已經吃完。

小烏龜是「沉默的少數」，神聖的「自然法則」不賦予牠發達的聲帶。地球上從來沒發生過「烏龜餓得大叫」這種事——如果不是這樣，那情形一定十分恐怖。

在飲食方面，我們對你已經相當盡心。「媽媽」每天供應你三餐——至少也有兩餐，你喝自來水用的那個水盆，每餐必定洗得乾乾淨淨，讓你能「放心飲用清潔的水」——除非你自己在那水盆裡洗腳，糊裡糊塗的飲用自己的洗腳水。

你應該原諒我們。我們過的是忙碌的日子。明明知道你受委屈，但是我們實在沒有時間坐在你面前欣賞你像欣賞一隻白孔雀，儘管你恰巧也是白的。

你的事情並不少，例如洗澡，就足夠把瑋瑋忙壞了。她這個「住校生」，星期天回到家裡，很難消消停停的度個假，不能少的一件工作就是用溫水給你洗澡，給你塗抹除蚤藥粉，這累人的工作，她已經覺得吃力了。目前的趨勢，是由琪琪來接替。我當然也有責任。不過，我常常忙得每天只有時間洗「一個澡」。你說我應該洗誰？我，還是你？

我不是抱怨，我只是向你解釋。我也沒有嫌你是個包袱的意思。你對這個家當然有很大的貢獻。報社的收費員，電力公司的收費員，自來水公司的收費員，瓦斯公司的收費員，郵局的郵務士，摩門教的佈道人，都一致讚美你，說你比雷達和聲納還管用。我們一家人在屋子後面活動的時候，可以很放心的把屋子前面交給你。你是「兼任巡邏的警鈴」，「無所不在的警鈴」，「一個勝過十個」的警鈴，同時也是敏感度過高，幾乎是整天響的警鈴——太吵人了。

當然，你並不是完全沒有缺點的。你最大的缺點是沒有受過「美育」的薰陶，不只是不懂得維護「美」，簡直是「美」的死對頭。我苦心經營的一小塊鋪了朝鮮草的綠地，現在已經寸草不生。你不只是拔草，你還用你體內的「阿莫尼亞溶液」去灌溉我的綠地。可惡不可惡！

瑋瑋種的一棵木瓜樹，現在已經變成一棵「無葉樹」。你像一隻會「人立」的狼，立了起來，把葉子摘光。

「媽媽」的一盆鐵樹盆栽，是有心買來美化前院的，現在只剩一盆土。

我非常注意你跟綠色植物的關係。我發現你是個喜愛花草樹木的，這一點完全跟我們一樣。遺憾的是：我們沒有為你豎立「請勿攀折花木」的牌子，所以你只好用你最熱情的方式來表達你對綠色植物的愛了。你用嘴把小草連根拔起，用爪子把草地刨平。你啃樹幹，摘葉子。你把你弄到地上的花朵和綠葉撕開揉碎，表達你最強烈的愛。

我們人類跟你不同。我們把「愛」跟「惜」當作同一個觀念來看待，愛他，就要惜他。你不同，你愛一樣東西，就要抓他，玩他，撕他，咬他，把他完全毀滅，才算完成了「愛的表達」。這就是你可惡的地方！我不懂你既然愛一朵花，為什麼就不能坐下來好好兒的欣賞？為什麼一定要把花揉碎了才稱心？

我知道你心中並不是沒有愛。你愛我們，同時也愛麻雀。最近，我常常看見你留飯餵麻雀，自己卻躲在遠處看。你讓麻雀自由自在的從牆頭，從門亭飄落，圍著你的食盆，成為一個「雀環」，唧唧喳喳的吃你的中餐。從前你不是這樣，你會衝著麻雀大叫，把牠們嚇跑。現在你變了。是不是因為寂寞，需要朋友？

你這種態度是值得讚美的。你應該讓你所愛的覺得自在。

過了年，天氣漸漸暖和了。陽光隨著季節轉移，每天上午把前院照得很亮。冬天顯得陰冷的前院，現在又成為「金院子」。你大概也知道好季節來臨了，每天都到前院去曬太陽。你舒舒服服的臥在太陽地裡，閉著眼，一聲不響。你的身子就像曬軟了的一塊白蠟，你的身子就像正在慢慢融化。我真擔心你的形體會完全消失，跟大地化成一體。

我們每天照面的時間很短暫。我見了你，只能招呼你一聲，沒有時間跟你多說話。我每天下班，你給我的歡迎儀式，令我一生難忘。大家都知道狗搖尾巴是表示歡迎；不知道更大的，更誠摯的，更興奮的，更快樂的歡迎，對一隻狗來說，就是搖擺著狗頭！

你會把前爪搭在地上，放鬆頸部的肌肉，讓你的頭垂下來像一個鐘擺，然後晃動肩膀，讓你的頭左右擺動像舞獅。一看到你對我舞獅，我就知道你看到我回家有多高興。

你的歡迎使我深深的反省。我想，人類不如你的地方，就在這裡——胸襟。你從來不對我們不滿。你使我們一家人有一種幸福的感覺，那就是：你永遠對我們非常滿意。你不挑剔昨天的晚餐，今天的中飯。你永遠高高興興，對一切的一切十分滿意。

你跟我們人類不同。我們是經常「不滿意」的。對人類來說，表示「滿意」會被人看輕，因此我們要竭力表示「不滿」，有時候把自己弄得很累。如果我懂得你的語言，我真想跟你討論討論你的哲學。說到你的語言，這兩年來，我已經學了不少，只是還不夠應用。

我們家的習慣：客人來了，一定要請你進狗籠，免得你礙手礙腳，使客人不自在。這一點，你已經很能配合。用現代辭彙來說，你很「合作」。每次電鈴響，對講機的簡短會話一結束，你看到我們開廳門要出去迎接貴賓，就會自動走進狗籠去坐好，等我們關閉籠門。

問題是客人告辭走了以後，我們往往忘了再放你出來。那時候，你就會發出一種喉音，那喉音含有「掙扎」意味。我一聽，就曉得你說的是：『怎麼搞的怎麼搞的……』我會滿懷歉意的開廳門出去釋放你。

有時候你在院子裡玩膩了，想回到建築物裡來看看，但是發現樓梯鐵門關了，你進不來。你會發出輕輕的，充滿歉意的叫聲。我一聽，就知道你說的是：『不好意思不好意思……』我會很願意出去幫你打開鐵門，讓你過關。

你對三餐相當重視，雖然不會看鐘，對時間卻很敏感，至少你的胃就是很好的鐘。用餐的時間一到，你就會有些興奮。如果「媽媽」太忙，誤了你的餐時，你就會稍稍不客氣的叫幾聲。我一聽，就知道你說的是：『開不開飯開不開飯……』我會把你的抗議轉告「媽媽」。

我不是研究狗語言的「動物語言學家」，所知道的狗辭彙和狗語法非常有限，沒辦法了解你的語言表達中的最細膩的部分。這就是我沒有能力用狗語言為你寫信的原因了。

我沒有忘記我要告訴你的那個好消息。我們全家五個人開會，有了一個決定，就是每年要為你做生日。我們會為你預備一小塊蛋糕。因為琪琪和瑋瑋收留你的那一天是五月五日，所以我們就定每年的五月五日是你的生日。瑋瑋計畫在那一天要讓你燙鼻子——說錯了，她要讓你吹一吹生日蠟燭。我們不反對，只要她辦得到，這一封信好像寫得太長了，你讀得完嗎——你讀得懂嗎？

一封信代表一個人的心意。我只能這樣子給你寫信了。

祝你快樂！

「爸爸」

三月九日深夜

斯努彼和木瓜樹

一定是家裡有誰吃木瓜，把一些木瓜子兒扔在前院的小草地上，而且恰巧其中有兩顆木瓜子兒，跌落的地點配合它自身的條件，很幸運的獲得了生存的機會。因此，在一個陽光明媚的星期天上午，這兩株只有一寸多高的小小植物，就被在前院逗著淘氣狗「斯努彼」玩兒的瑋瑋發現了——同時，也被斯努彼發現了。

前院的小草地上，本來種的是「唯美的朝鮮草」，目的是供應我的視覺享受。瑋瑋，還有斯努彼，都敵視那種不許可觸摸的美。把黑黑的土壤變成一條綠綠的毯子，寂靜無聲，永無變化，這也是美嗎？瑋瑋，還有斯努彼，把我所欣賞的那種極端潔淨的美，看成一塊活活的土地的死亡。她和斯努彼都討厭那「綠色的封條」。

最先起來反抗的是斯努彼。牠利用我上班的時候到草地上去刨土。我下班的時候發現了，瑋瑋又起來袒護牠，使牠免於受處分。我生氣責備牠的時候，牠會選擇適當的站立位置——在瑋瑋背後。牠採取一種旁觀的態度，搖著尾巴聽訓，確認這是父女間的一場爭執，跟牠完全無關。面對著小孩子，我永遠不敢確定上帝是站在我這一邊。事實上我讀過聖經，知道上帝一向站在小孩子的那一邊。我決定放棄我的堅持。

從此以後，斯努彼變成了瑋瑋的挖土機。牠為牠的小主人盡忠，要讓那塊小小的土地復活，全心全意要揭開蓋在黑土壤上的那條單調的綠色毯子。不久以後，我那條綠綠的毯子不見了，黑黑的土壤顯露出來了。這才是瑋瑋所要的——一塊可以種東西的好地。這也是斯努彼所要的——一個可以奔跑跳躍的小操場。我從前讀西洋詩，讀過「大海靜止像一塊綠玻璃」的句子，心中湧起一絲恐怖感。靜止單調的美，也許真會給小孩子和小狗一種窒息感吧。

因為有這一番領悟，我那塊小草地的變質，並沒帶給我多大的失意。我也很想跟瑋瑋和斯努彼，共享另外一種快樂——一種無拘無束，不矜持不造作的快樂。

臺灣氣候溫暖，那塊小小的土地，一年到頭都有可愛的綠色幼苗在那裡活躍。瑋瑋也有了一個可以觀察植物生長的「奇蹟盤」。她種這個，種那個，拔這個，拔那個，從事種種「生命的實驗」，開始跟大自然打成一片。那塊小小的土地，為她增添了許多生活的樂趣。考試考得不好的時候，她會到那塊小土地上去找她那一群綠色的小伴侶。它們不會對她嘮叨。

小土地上的綠色幼苗既然那麼多，瑋瑋為什麼忽然關心起那兩株一寸多高的幼苗來呢？我聽到消息以後，也陪她去看過。原來那兩株幼苗長得特別挺拔，似乎帶著英氣。它們也給我一種不平凡的印象。

瑋瑋很喜歡這兩株幼苗，斯努彼也是。這兩株幼苗的驚人的生長速度，打動了瑋瑋的好奇心。斯努彼卻有牠自己的想法。這兩株像樣的幼苗，正好可以讓牠拿來「練功」，在做牠刨土的日課的時候，可以考驗兩條後腿的準勁兒。

瑋瑋開始嚴密的防範斯努彼。斯努彼也很笨，牠的一對後爪，從來沒擊中過目標。瑋瑋變成從前的我，一心要維護她關心的東西。斯努彼變成從前的瑋瑋，開始感覺到拘束。

兩株幼苗長到五寸高了。有一天下午，斯努彼練成了牠的「後腿功」。瑋瑋放學回家，發現那兩株幼苗，一株已經不見，另外一株折了，橫倒在地上。瑋瑋因為心疼，開始「訓狗」，說了許多責備的話。斯努彼仍然搖著尾巴聽訓，但是臉上的表情大不相同。牠曉得自己闖了禍，雙目跟著瑋瑋揮動的雙手轉，隨時準備發出挨打的哀號，隨時準備拔腿就逃。瑋瑋當然不忍心給牠一頓鞭子。她只能生氣，氣紅了眼眶。

她挖了一個深一點的坑，重新把剩下的幼苗種好。斯努彼躲在三丈外，搖著尾巴觀看。牠知道挨得太近，不會有好結果。

從此以後，斯努彼每天在警告中過日子。瑋瑋出門要警告牠一番，進門也警告牠一番。這部小挖土機有時候也想把剩下的那株幼苗剷除，了卻心願。但是牠很警覺，在向幼苗潛行途中，只要聽到瑋瑋的說話聲，就立刻轉身走開。

許多日子以後，幼苗已經成為一尺多高的樹苗。瑋瑋對它的稱呼也變成了「小木瓜樹」。斯努彼已經沒有能力剷除小木瓜樹，不過加以適當的破壞卻是牠完全辦得到的事情。有時候，牠會用前爪打下一兩張葉子。有時候，牠會在嫩綠的樹幹上咬一口。牠並不放棄「玩」木瓜樹的權利。

瑋瑋說了：『這個時候，你想把木瓜樹拔掉已經來不及了吧。』

這句話說對了。斯努彼是輸了。小木瓜樹戰勝了斯努彼。

我不知道狗的身高應該是怎麼量法。我一向只談狗的「背高」。斯努彼屬於矮狗族，牠的背高頂多離地一尺，但是牠所看到的綠色怪物，不到兩個星期的工夫，就已經爬升到兩尺高了。在最起初，木瓜幼苗是在斯努彼的肚子下。現在，斯努彼一走近木瓜樹，就成了「走到樹下」了。

斯努彼完全改變了對待木瓜樹的態度。牠喜歡跟這個沉靜的綠色小巨人親近，把它看成可以倚靠的柱子。夏天，牠會走到「樹下」，趴在那裡享受一會兒陰涼。這是牠的夏日情趣。不幸的是，狗就像小孩子，把排洩看成十分自然，用不著掩飾的生理現象。有一天，牠竟在小樹下排洩起來。這不只是不雅，同時也使小木瓜樹的錦繡前程蒙上了陰影。

「媽媽」買了鐵絲網，把小草地跟院子的其他部分隔開，使斯努彼不能再把木瓜樹下當作牠的洗手間。這件事情應該可以算是完全過去了，但是好潔的瑋瑋卻永遠忘不了斯努彼的過失。大家談論木瓜樹的將來的時候，瑋瑋總是不忘加上一句：『將來結了木瓜，你們吃好了。』

夏天的陽光，夏天的雨，使木瓜樹像打了氣的綠色氣球似的，天天都在膨脹。它的樹幹，直徑達到三寸。它的高度，快到一丈五。它的葉子，像一把把綠色的扇子。我們抬頭仰望，像仰望一座綠色的雲梯。更可愛的是，在接近樹梢的地方，每一枝葉柄跟樹身的接合處，不斷的鼓起了綠色的小球兒，繞著樹幹，一個挨一個，擁擠在一起。

我們都知道那是什麼。大家興奮的談論著，只有瑋瑋是沉默的。

綠色的氣球在陽光下膨脹，一個個呈現出橢圓的形狀。那顏色也不斷的變化，由綠中透黃，漸漸轉換成迷人的金黃。不久，在變色比賽中得了冠軍的那一個，已經搖搖欲墜了。

有一天，「媽媽」端了一把椅子，端端正正的擺在木瓜樹下。她站在椅子上，高舉雙手，托著那個金黃的木瓜，輕輕一搖，木瓜就跌落在她手裡。她雙手托著木瓜，走進廚房，打開水龍頭，洗了洗，用刀把木瓜剖開，拿走瓜腹中的木瓜子兒以後，把瓜瓤切成幾塊，讓大家分享。

我嘗了一塊，忍不住脫口說：『甜！』簡直是吃糖，很合我的口味。

孩子們一向只信任水果店，對於自己園中的產品沒有信心，總認為那不能算是「正式的水果」。吃自己園中出產的東西，對孩子們來說，簡直是不可思議。她們遲疑了一會兒，像要她們吃蛇似的，輕輕咬下一口，嘗了嘗，承認味道很正了，這才把那一小塊吃完。『是很甜！』她們接受了。

當然，不忘往事的瑋瑋，連碰都不去碰它。對她來說，只要知道這木瓜很甜就夠了。她不願意多談，免得接觸到有關木瓜樹某些滋養的來源的問題。其實，斯努彼的那一次過失，早就被木瓜樹幾個月來吸收的新鮮水分逐漸分解得不見蹤影了。

這棵木瓜樹，就像會下蛋的母雞一樣，幾乎每天可以供應一個成熟的金黃色的木瓜。因此，我給了它一個童話外號：「下金蛋的鵝」。

整個故事寫到這裡，似乎應該有一個結束。但是我的情形不同，這正是我「感想洶湧」的時候，不能不寫下幾句話。

對瑋瑋來說，這棵木瓜樹從一兩寸高的幼苗，到成為英挺的一丈五的小巨人，整個過程似乎是自自然然的，沒有什麼值得驚奇的地方。她像個愛斯基摩人，見慣了北極光。我像一個初訪北極的熱帶人，那北極光使我一生難忘。

我親眼看到一株那麼小的幼苗，在差不多只有一年的時間裡，就變成那麼大的一棵木瓜樹，確實沒辦法用淡漠的態度來承認那是一個平凡的事實。那「事實」很不平凡！我心中的驚訝一直沒辦法平伏。

我該怎麼說呢？我只好這麼說：有一種力量，叫作「生長」。這種力量，到處都存在，運行在大地上。那麼，我就應該從這棵木瓜樹得到一個教訓，那就是「善意」也是會生長的。

為什麼我們不選一個善的目標，種下去，讓它也像木瓜樹一樣生長？

斯努彼的大小二事

牠並不在我家白吃白喝白住。牠做了不少事。

牠的外號叫「聲納」，真名是「斯努彼」。我們一家人都喜歡這隻小小的，混血的白狐狸狗。

牠的責任是監視大門和庭院的動靜。屋子裡的人因為有了牠，可以住得格外安心，用不著擔心有一天從書房或廚房走進客廳，突然發現那裡站著三個陌生彪形大漢。

斯努彼的嗅覺和聽覺的靈敏度都是第一流的，我們根本用不著擔心牠會發生失誤。住在屋裡的人，只要隨時留意牠傳送進來的報告就夠了。我們的憑藉，就是牠的叫聲。

兩聲輕輕的，低沉的，短促的，不那麼緊張的「喂喂」，那是表示牠感覺到有可疑的氣味或聲響逐漸臨近。翻譯成我們的語言，這就是：『有情況！』屋裡的人對這個信號只要稍加注意就行了，因為後來往往就沒有了下文。這也就是說，那氣味或聲響的進行路線跟我們的圍牆是平行的，由遠而近的進入牠的警戒區，然後又由近而遠的脫離了牠的警戒區，結果是情況的消失。

有時候，牠會一次又一次的發出「喂喂」信號。屋裡的人接收到這些信號，就可以知道今天巷子裡很熱鬧，來往的人特別多。

比「喂喂」強烈一點的是我們習慣上寫成「汪汪」的那種叫聲。這代表斯努彼對外界的干預。巷子裡吵鬧的孩子，高聲談話的路人，都是他干預的對象。這種叫聲是祥和的，住在屋裡的人還可以不必加以注意。

第三級是狂叫，這表示有入侵者，不過那入侵者不是一個人。住在屋裡的人，探究不探究都沒有多大關係，頂多向庭院瞄一眼也就夠了。這個入侵者通常都是由牆頭上通過的貓，飛落庭院的麻雀，從外面水溝潛入庭院來覓食的老鼠，一對白蝴蝶，甚至只不過是一隻蟑螂。

最高一級是狂叫加咆哮，對斯努彼來說，這是極端嚴重的情況，因為有生人犯境。牠的叫聲中充滿憤怒和受威脅的意味。差不多就在聽到這種叫聲的同一時刻，電鈴響了。這時候，家裡至少要出動兩個人，一個把斯努彼關進牠的美麗鐵籠，一個開門出去迎接好朋友。「忠實的狗使主人失去了朋友」，對這一點，我們有高度的警惕心，總是盡一切努力避免這種情況的發生。

斯努彼對主人也會有要求，牠用喉嚨裡嗚咽的聲音來表示，充滿委婉意味。聽到牠的嗚咽，我們心中會湧起歉意，用不著出去探視，早知道我們因為忙碌而造成的過失是什麼了。如果不是冷，不是餓，不是寂寞，不是發現我們疏忽了對牠應有的清潔工作，牠不會發出那種淒切的嗚咽。

養狗人家都知道什麼是「忠實的代價」。心靈跟心靈的交往，遵循著一個永恆的真理，那就是：只有忠誠，才能交換忠誠。對養狗人家來說，所謂忠誠，並不是一種態度，一種言語，而是更艱難的對狗付出時間和勞力：你必須日日為牠做清潔工作，包括牠的大便！

當然，這種事情很可以交給「僕人」去做。只是在現代，「僕人」早成為童話裡的角色，跟國王、公主、仙人、巫師並列。你必須學習自己動手流汗伺候你的狗。

主人最覺得吃力的不是為狗洗澡，那是風雅的了。他要做的最吃力的工作，就是每天定時為愛犬清理「大」「小」兩事留下的不雅的痕跡。有許多被狗弄得勞累不堪的主人和主婦，發明了一個省事的辦法，那就是讓狗到外面去辦這種事。有些主人，藉著清晨遛狗的名義把狗帶了出去，等狗的腸胃舒服了再把牠帶回家。我見過這種主人，他們臉上都有罪惡感，有的虛張聲勢的繃緊了臉，有的顯得有些委瑣卑劣，不敢正眼看人。我從他們的臉上，看出一個污染住宅區的陰謀正在進行。

有些主婦因為已經被家事弄得太累，只好採取定時把狗趕出大門的辦法，大大違反了「貓狗教育」的精神。我也見過這種被教育壞了的自私狗，牠們的臉上也有罪惡感。牠們已經學會了到別人家的大門口去拉，拉得很不自在，隨時準備逃避斥喝和棍子，心虛膽怯，眼神不定，值得憐憫，但是也十分令人厭惡。

為了斯努彼的精神健康，我一向認為牠應該每天在不受干擾，沒有罪惡感的情況下進行牠的大小二事。院子裡有的是地方，只要不弄髒大門外的公共環境，應該讓牠自由一點兒。至於牠留下來的那些不雅的痕跡，我倒很願意關起大門來為牠清理——狗在排洩方面永遠是長不大的嬰兒。

我相信在院子裡設置美觀的「狗的抽水馬桶」的日子已經不遠。

斯努彼因為不會人類的語言，尤其是不會我們的中國話，結果像「跟主人磋商一個彼此同意的地點」這麼簡單的事，牠卻要透過長時間的艱辛試驗，才能探測出主人的確實意向。牠在院子裡任選一個地方，把事情進行完了，然後靜待主人的反應。

我知道牠的意思，但是我不會狗的語言，尤其不會狐狸狗的方言，所以只有耐心陪牠做這個艱辛的「意向探測試驗」。我對牠所選擇的地方不滿意，就責備了牠幾句。

第二天，牠選擇另外一個地方，探測我的意向。我仍然不滿意，又責備了牠幾句。第三天，第四天，第五天……一直到事情有了結果。花壇旁邊，地方高爽，我允許牠在那裡進行「乾」的排洩。排水溝附近，方便沖洗，我允許牠在那裡進行「溼」的排洩。彼此的意見溝通了。

斯努彼進行「大」事，大約在清晨；進行「小」事，大約是一次在上午十點，一次在下午三、四點。這都是推測，因為我從來沒見過。不過我認為牠這樣安排是非常合理的。那兩個時刻恰好院子裡沒有人。牠大概不喜歡在別人面前做這種見不得人的事情。

斯努彼每天生產的「黃色作品」必須有人清理。清理的人，最好當然是童話裡的「僕人」，不過我已經說過，在現實世界裡，「僕人」是不存在的。我們的僕人就是雙手，可以是我太太的雙手，也可以是我的雙手，但是我寧願是我的雙手。

我做這種美化環境的工作，有一套設備：一個水桶、一個水杓、一根拖把，一副橡皮手套，每天兩個小塑膠袋。

我戴上橡皮手套，左手拿一個塑膠袋，右手的手套上再套上一個塑膠袋。右手因為有雙層隔離，所以我去「抓」斯努彼的「身外物」不會有什麼難忘的感覺，甚至可以說是毫無感覺。然後，我把我右手的捕獲物，連同那塑膠袋，一起放進左手的塑膠袋，乾淨俐落。至於牠的黃色液體，處理的方法是先用水杓舀水沖進水溝，沖乾淨以後，再把整桶清水都倒進水溝裡去稀釋，使那色香消失。

然後還有第二桶水。我用拖把沾水，把受污染的兩個地點拖乾淨。剩下的水，仍然倒進水溝，作第二度的稀釋。還有第三桶水，那是用來拖洗整個院子的，剩下的仍然倒進水溝，作第三度稀釋。

經過這樣的歷程處理過的院子，就像根本沒有發生過任何「大」「小」事情一樣。而且太陽一曬，還能散發「陽光的香氣」，一眼看去，亮亮的，白白的，潔淨極了。

斯努彼是愛乾淨的，尤其是，那乾淨是牠的能力所辦不到的，因此牠對於使牠乾淨的人有一份感情。在我為牠的乾淨賣力氣的時候，牠會安安靜靜的臥在鐵絲狗籠裡，用嘴和舌頭梳理身上的毛。牠並不觀看我的工作，卻盡情享受安全和舒適。狗是警覺性高的動物，一天到晚都在緊張，難得體會「一身輕」的境界。有我在牠身邊工作，牠卸下一身責任似的，索性把我們的關係對調過來：牠享受安全，我為牠擔任警衛。

斯努彼越來越重視這輪休制度。演變到最後，牠竟在每天早上隔著廳門，用牠的委婉的嗚咽，通知我：牠要交班。

狗不是機器，牠也會有疲勞的時候，我們之間的輪休制度是必要的。我為牠做清潔工作，牠享受快樂的下班時光，這樣的安排，牠十分滿意。

在人類社會已經沒有僕人的時候，狗開始進入了擁有僕人的時代。我並不反對這種情況的發生。對我來說，這是我對斯努彼的報答。對人類來說，這是人對狗的報答。你可以算算，狗已經為人類服務了多少個世紀。

我和鵝

很久很久以前，當我還是一個十八、九歲的大男孩的時候，有一隻鵝走進了我的生活。從此以後，我的精神世界裡就永遠有一個大白鵝的影子，像一團雪球，搖過來，晃過去，再也抹不掉。

這隻大白鵝真是又肥又大，把牠抱起來要費相當的力氣。尤其是牠展翅飛奔的時候，那架式，那氣勢，就像一隻我想像中的白色大鵬。我永遠忘不了在牠前方哀號奔逃的那隻黃狗的模樣——就像老鷹追擊下的一隻老鼠。

那一年，我家逃難到漳州。我們住在一座舊樓房的二樓。地方很大，我們只用了兩間臥室，整個大廳空著沒用。難民只帶衣箱，沒聽說還帶著家具的。因此，大廳就成了一家人散步的廣場。

有一天，母親聽到賣菜的小販在樓下叫賣，就下樓去買些青菜，看見有人賣小鵝，覺得有趣，問起價錢，也還便宜，就順便買了一隻，帶上樓來。當然，那大廳就成了養鵝場了。

小弟那年只有八歲，儘管也陪我們嘗過逃難滋味，卻從來不把逃難看成什麼不幸。他的快樂童年似乎完美無缺。往日生活的殷實安定，眼前日子的漂泊不定，只要稍稍比較比較，就會使父親、母親覺得灰心沮喪。我跟二弟、大妹，也都過慣好日子，對逃難生活也有無法忍受的感覺。

小弟就不同了。對他來說，人生就是逃難，逃難就是人生。他沒有東西可以作比較，一切的一切，本來就是這樣，不值得奇怪。他穿的是什麼衣服，就認為人生該穿的就是那樣的衣服。他吃的什麼飯，就認為人生該吃的就是那樣的飯。一隻有黃色細毛的小鵝，對他來說，就是一切歡樂的泉源。

家裡既然有「廣場」，現在又有了一隻鵝，小弟就可以在廣場上養鵝了。可惜的是鵝太小，不能滿足小弟的希望。小弟把他對一隻大鵝的期待，完全放在一隻稚嫩的小鵝身上，當然要常常嘗到失望的苦果。他裝了一臉盆水，要小鵝游泳，結果小鵝並不很聽話，弄得滿地是水。他想像中的那幅「綠池白鵝」的美麗畫面破滅了。

他用溫和的語氣，吩咐小鵝陪他在廣場上繞圈子。結果是，他自己繞了好幾個圈子，小鵝卻自顧自的晃到臥室門外，向裡面窺探，根本不把小弟放在「注意圈」內。小弟對小鵝的評語是：『你好笨！』

小弟很愛這隻一直令他失望的小鵝。愛，使他學會了責任。小鵝愛吃的鵝草，都是他每天走遠路去拔來的。這件事使母親非常高興，非常自豪。她認為小鵝使小弟變得懂事了。這也證明了她買小鵝買對了。

漳州跟我國一般小城一樣，是由一條街發展成的。有了一條街，再由那條街為主，發展出幾條橫街，街道多了，就形成了城市。在發展的初期，街道是在田野中逐漸形成的，所以街道兩邊的房子背後，往往還是農田。前門是街，後門是田的情況，十分普遍。

離我們家不遠的地方，有一條黃土公路。公路邊有一個很大的池塘，池塘四周長滿了鵝愛吃的鵝草。小弟每天早上，會自己一個人悄悄出門，到池塘邊去拔些鵝草回來餵鵝。他完全把這件事當作他的責任。

起初，我對這隻鵝並不發生興趣。那時候我已經在一個小學裡教書，每天早上出門，中午趕回家吃一頓中飯，立刻又匆匆忙忙的趕回學校，一直忙到傍晚才能休息。這樣的生活，使我完全忽略了我跟小弟的感情。可是小鵝進門以後，我對於能夠獨自出門拔鵝草的小弟發生了興趣。我經常找機會跟他一起去拔鵝草，因為鵝草的關係，我們開始有了「談話」。

我跟小弟的談話，完全是一種「兒童文學」。我要學習把話說得又簡單，又具體，又生動。有一次我勸他要用心認字。我說：『見到書上的字都要喊得出它的名字，還要能形容它的模樣。』為了勸他跟同學和好，我說：『見了同學，都要跟他笑一笑。』勸他不要發脾氣，我說：『生氣就是生病。』為了那隻小鵝的緣故，我跟小弟變得很有話說。

互相親近的是我跟小弟，並不是跟那隻小鵝。對於那隻已經長得不大不小，毛色黃中帶灰的怪鳥，我並沒有好感。直到有一天下午我回家，因為看不見小弟，也看不見那隻鵝，我才問母親：『「他們」都到哪兒去啦？』

『你三弟放鵝去了。』母親說。

『哪兒？』

『大池塘。』

小弟變成一個牧鵝童了。我對這件事非常好奇，很希望能找一個機會去看看小弟怎麼放鵝。對別人來說，這是一件最容易不過的事，說去就去，要去就去。可是對我來說，事情就不那麼簡單了。我是一個小學教師，每天放學以後，同事們要跟我討論這個，討論那個；小學生要問我這個，問我那個。再加上，我喜歡留在學校等值日生掃過地走了，和校工巡視過教室以後，再坦然的走路回家。想找機會到大池塘去看小弟放鵝，並不很容易。

我又是一個看書迷，一回家就鑽進我和二弟共用的破臥室，端起書來就看，直看到燈亮，母親喊吃飯，才肯把書放下。飯桌上見了小弟，也只能問一聲：『放鵝去了？』至於他和那隻鵝怎麼去，怎麼回家，逗留在大池塘邊又是怎麼樣的一種情況，我一點兒也不知道。這件事情，越來越引起我的好奇。

一天下午，我在破臥室裡看書等吃飯，聽到樓梯那邊傳來小弟的吆喝聲：『快上去！快上去！』

我的心一動，立刻扔下書，衝向樓梯口。我還沒有走到那兒，就看見一團白影子撲向樓上來。我吃了一驚，再看，那一大團白影子已經濃縮成一隻挺拔的白鵝。這麼漂亮的白鵝，就是我們家那隻「醜小鴨」變成的嗎？

這隻白鵝，渾身雪白，有一個結實有力的脖子。牠的小腦袋上，藍眼睛炯炯發光，黃嘴堅硬像銅器。牠胸部發達像一個游泳健將。稍稍遜色的部位是腳，邁起步來顯得笨拙，軟弱，遲緩。這使我想起愛鵝的王羲之先生。如果我猜得不錯，他喜歡的一定是鵝脖子矯健靈巧的動作。如果他欣賞的是鵝的腳，那麼他的書藝一定會受到一些不良的影響。

小弟跟在大白鵝背後，也衝上樓來了。我問他：『這是我們家的鵝嗎？』

小弟很疑惑的說：『是啊！』

我很感慨的說：『沒想到這隻鵝已經會自己上樓了。』
『也會自己下樓。』小弟說。
『滾下去的？』我難免想起大白鵝軟弱的腿。
『不。』小弟說。
他伸開雙臂，作了一個撲翅的姿勢。
我懂了。大白鵝有一對有力的翅膀，難怪牠上樓的時候會那樣聲勢浩大。我相信，牠下樓的時候，一定也會運用那一對白色的大翅膀。牠是飛身上樓，飛身下樓。
從那一天起，我對大白鵝另眼看待，對牠懷著敬意，而且心中有以牠為榮的感覺。『這是一隻很體面的鵝！』我告訴我自己。
可是，還有一件事情我最想知道。那就是，小弟和大白鵝每天下午在大池塘邊做些什麼。想去看看的慾望太強烈了，所以第二天下午我不顧一切的推掉了所有的談話，所有的不屬於我的責任，一放學就匆匆忙忙的趕到大池塘邊去了。
我看見小弟坐在池塘邊的草地上，很自在的看著天空的白雲出神。他的身邊並沒有那隻大白鵝。
我在小弟身邊坐下。『大白鵝呢？』我問。

小弟用他手中的竹子向池塘中一指。我看見池塘中有十幾隻鵝在那裡游水。我說：『你認得出我們的大白鵝嗎？』

『認得。』小弟說。『就是脖子挺得很直的那一隻。』

我也認出來了。牠真是鵝群裡最出色的一隻。在斜陽下，牠的羽毛是最白的，牠的體態是最挺拔的，還有牠的泳姿，也是鵝群中最美的。我和小弟靜靜坐在草地上看那隻鵝，一直看到夕陽西下。

小弟站了起來，搖動手中的細竹子，用嘹喨的童音高呼：『大白鵝回家！』鵝群有點兒混亂，幾隻鵝紛紛向兩邊讓開。我們的大白鵝自在的游到淺灘，搖搖擺擺的走上岸來。牠並不停留，似乎是認得路，信心十足的順著回家的路走去。小弟跟著牠，我跟著小弟。

夕陽剛落，立刻就是暮色四合。我靜靜的走著，忽然想起天黑得這麼快，讓小弟每天自己一個人這樣走回家是不是妥當的問題。前面傳來大白鵝嘎嘎的叫聲。我抬頭一看，是一條黃狗，正想掉頭走開。我猜想，黃狗最初可能不怎麼把大白鵝放在眼裡，想走過來逗逗牠。現在，大白鵝惱了，猛然張開一對大白翅膀，伸直脖子像一根長矛，向黃狗衝了過去，多勇猛的大白鵝！

有這樣的一隻大白鵝做伴兒，小弟一定是很安全的，我想。

事情就是這樣。大白鵝的英姿，一直留在我的記憶中。遇到閒下來的時候，我很喜歡回想一下過去的那些日子裡，我曾經跟哪些動物作過朋友。狗、鳥、白兔、烏龜、馬、火雞……不管我能想起多少，只要那大白鵝一出現，其他的動物就不再有地位了。我會一直想那隻活躍的大白鵝，像陶醉在一部完美的影片裡。

斯努彼洗澡

有些狗怕洗澡，一聽主人喊洗澡，就會一聲不響的往外溜。斯努彼一聽到「洗澡」，喉嚨就會發出嗚嗚的快樂的顫音，然後舞蹈起來，對著主人大叫：『說了算數！說了算數！』牠是一隻愛洗澡的狗。

斯努彼的愛洗澡，表現在牠對澡盆的喜愛上。牠的專用澡盆是一個鋁製的大腳盆。這大腳盆本來是洗衣服用的。後來牠進了家門，大家就同意歸牠專用。當時，牠的身子只有一個小型的烤麵包機那麼大。因此大腳盆對牠來說，是一個夠大的浴池。現在，牠的個子相當於一個十六英寸的電視機，大腳盆就有點兒容不下牠了。

牠的身子長大了，大腳盆卻不長大，對於這一點，牠並沒有足夠的清醒。牠仍然像童年一樣，很喜歡一跳跳進了乾澡盆裡去坐著等洗澡。那個模樣，依瑋瑋的說法，等於是「一碗狗」。碗，是世界上最大的碗。狗，是「全狗」。這跟牠小時候那種「大腳盆裡的小狗」是完全不同的趣味。

大腳盆的搬運相當費事，要從向北的後院搬到向南的前院。斯努彼一向在陽光下洗澡，前院是一個「陽光院子」。只要看到大腳盆搬來了，牠一定先跳進去，擺好姿勢，坐著等。牠的意思，是盡可能製造一些「已成事實」的態勢，使主人無法反悔。這也是牠的叫聲所表達的：『說了算數！說了算數！』

充滿陽光的前院，一半是小花圃。為了澆花澆草的方便，我們裝了一個自來水龍頭，在牆角。斯努彼看到的第二項洗澡「道具」是長長的橡皮水管。牠會做出一個打冷顫的表情，因為牠知道那水管引來的是涼涼的自來水。牠不大理會接水、引水的細節，只是雙目專注的看著那條會噴涼水的紅蛇。紅蛇沒有動靜，牠就守著大腳盆不走。

斯努彼習慣用洗髮精洗澡，因為瑋瑋認為狗身上的毛「也是一種頭髮」。牠習慣用特製的鋼梳梳毛，因為那種「頭髮」實在不是普通的頭髮。其他的用品還有塑膠刷子、塑膠手套、塑膠圍裙。這些零星用品的到達，會使斯努彼的興奮接近「沸點」，喉嚨裡不停的發出「幸福的嗚咽」，連聲發出讚美的叫喊：『說到做到！說到做到！』

興奮的頂點是一滿桶熱水的到達！這是家中每一個「輪值洗狗人」覺得最吃力的一件事。為了配合一家人洗澡的需要，熱水器裝在二樓的後廊。提那麼一桶熱水從二樓走到樓下的前院，並不是家裡人人都能勝任的工作。我常常擱筆，拋書，被請去安排這一趟「熱水的旅行」。我所得到的報酬，就是能看到斯努彼機警的跳出大腳盆的模樣。牠早知道一切已經就緒，用不著再待在大腳盆裡製造什麼「已成事實」的態勢。同時，牠似乎也知道對牠十分合適的溫水製造過程：「讓牠不好受的涼水」加上「讓牠受不了的熱水」。牠只有躲開，越快越好。牠實在是一隻想像力豐富的狗。

先在大腳盆裡裝滿涼水，然後再兌上一些熱水，這個過程需要相當長的時間。斯努彼很有耐性的坐在遠處看。大腳盆裡的水越升越高，斯努彼的緊張也跟著一級一級的升高。腳盆水滿，照情理上說，斯努彼應該歡呼一聲，像射出的箭，跳進盆中，水花四濺。可是事實上，斯努彼只像拉滿的弓，卻沒有箭；身子只往後退，並不向前。急急歸鄉的人，離鄉近了，反而覺得情怯。苦苦等待洗澡的狗，看見水滿了，反而退縮。

『斯努彼，洗澡！』這一聲通知，曾經鼓勵斯努彼跳進乾澡盆。現在，這一聲通知卻使牠一步一步的往後退。我面對著「愛洗澡的狗怕進澡盆」的矛盾。

我相信走獸天性都畏懼水。對大水的畏懼是走獸的一種自衛本能。走獸也都知道水的可愛。口渴的時候所喝到的第一口水，給了牠難忘的滿足的經驗。還有，身體跟水接觸的愉快感覺，對牠來說，也是一種難忘的經驗。不過，又廣又深的大水就不一樣了，那表示不安全。斯努彼愛洗澡，但是不喜歡不安全，牠要的是「安全沐浴」——那就是，牠需要「抱抱」。

抱斯努彼進澡盆應該怎麼抱，也是一門關於斯努彼的學問。你不能把牠當一團絨球或一個「長毛的西瓜」那樣抱起來。實際上，你不是抱，你幾乎不必用雙臂承擔牠身體的全部重量。你只要像扶一個一歲半的小孩子學走路那樣，抓住牠的一對前腿像抓住小孩子的一對胳臂，讓牠的兩條後腿踩在地上像小孩子的兩條小腿腿。你只要幫助斯努彼「人立」，「人行」，這就夠了。

到了澡盆邊，你把牠輕輕往上一提，讓牠越過盆緣，身臨盆水的上空。然後，你緩緩的把牠往水裡放。牠會先把兩條後腿伸進水裡去試深淺。一經測出水深不過五寸，牠放了心，輕輕一掙扎，意思是要你撒手。你一撒手，牠的兩條前腿也順勢向前一撲，安安穩穩的站在水中央了。這就是整個「抱抱」的過程。

斯努彼站在水中央像一座水亭，四條腿是四根樁。牠的肚皮還碰不到水。

『坐！這麼站著怎麼洗？』這是句牠聽得懂的「洗澡會話」。既然已經知道這水沒有危險，而且對洗澡的過程已經有了豐富的經驗，所以一聽到這句話，牠就會往下一坐，坐進水裡，像池中的一座假山。牠靜靜的等人用水瓢舀水替牠澆身。

全身的毛澆溼了以後，緊貼著身子，像是斯努彼的緊身衣。平日看起來也還豐潤的斯努彼，現在看起來像一隻細長的熟鴨。斯努彼平日給我們的形象，是毛茸茸的形象。牠是白毛狗，因此，那形象的顏色也是白的。現在，牠的長毛貼身，微微露出紅紅的皮肉。這形象，對我們是陌生的，不但陌生，而且令人憐惜。

我喜歡戴上塑膠手套，替牠在身上滴滿洗髮精，然後為牠搓身，一直到牠成為「泡沫裡的狗」為止。

牠受過長期的訓練，洗澡的時候能抑制自己，不抖擻身上的毛。因此，在為牠「洗臉」以前，你可以完全放心，牠不會濺得你一身是水。

為牠洗臉，人要站在牠的對面，也就是說，你要跟牠面對面站好。牠的雙眼，牠的鼻孔，最怕進水，尤其怕進肥皂水。你為牠洗臉，動作要快，快得像閃電。然後，你放開手，退後一步站著，讓牠去甩頭。那時候，牠能濺到你身上的水就非常有限了。

斯努彼「擁有」一個漆淺藍色的細鐵條狗籠。在洗澡的時候，這狗籠的用處就是讓牠在裡頭抖擻那一身白毛上的水。你只要把牠往狗籠一送，順勢關上籠門，立刻遠遠跑開。這個措施，可以使你逃過一場驟雨——其實是兩場驟雨。

第一場是帶著洗髮精泡沫的驟雨。第二場是，清水沖身以後的清水驟雨。斯努彼的壞習慣是，洗過澡以後喜歡在地上打滾，弄髒一身的毛。那個狗籠的另外一個用途，就是讓斯努彼在裡面烤太陽。太陽的熱能，會在牠身上製造奇蹟——把一隻露出紅紅皮肉的熟鴨變回一隻毛茸茸的白狗。

給狗洗澡似乎是一件平平常常的事情——如果指的是「走個形式」或者像《老殘遊記》所說的「虛應一應故事」的話。實際上，在我的經驗裡，從搬大腳盆到讓斯努彼在細鐵條籠子裡曬太陽為止，全部過程所需要的時間往往要超過一百五十分鐘。如果這一百五十分鐘是在星期日的上午，那麼我就要失去半個假日。如果是在下午，我失去的是另外那半個假日，而且意味著上午不能到較遠的地方去。為了給斯努彼洗澡，我不能有一個完整的假日，換句話說，如果斯努彼平日對我們一家的貢獻可以完全不提，那麼，我所做的，對我自己來說，等於是一種犧牲。

但是，斯努彼的貢獻可以完全不提嗎？

牠那比警鈴還靈的警覺，那會報告「這裡有情況」的叫聲，使我們因為有牠在「前面」，可以安心的在「後面」忙著；因為有牠在樓下，可以安心在樓上忙著。這一切，你能不感激嗎？牠所傳送過來的「前面的消息」，包括：『有信！』『有貓！』『來了另外一隻狗！』『有生人！』『有人回家！』『有人站在大門外！』這些報告，使我們彷彿在大門上裝了一個電視。這一切，你能不感激嗎？

如果「洗狗」也算是一種犧牲，那麼，這種犧牲必須有人出來承擔。該由誰來承擔這個犧牲呢？有兩種「人間邏輯」可以為我們找到結論。

第一種人間邏輯是：『別人可以說不，為什麼我不能？』當然，這種邏輯只適用於較落後，較原始的社會。

另外一種人間邏輯是：『如果這是一種犧牲的話，我願意為我所愛的人承擔這犧牲。』而且，這犧牲的性質不是狹窄的「悲劇」或「喜劇」所能高攀。它是一種恢宏的氣度，充滿生機和情趣。這種邏輯，適用於比較成熟進步的社會。

抱著落後原始的人間邏輯在落後原始的人間社會裡掙扎是一種痛苦。人人希望以落後原始的人間邏輯來造成社會的成熟進步，等於是狗追自己的尾巴——永遠差那麼半步。我並不後悔我成為一個「洗狗人」。尤其是，因為洗狗，我走進了一個比人類社會更廣大的「生命的社會」。在那個更廣大的社會裡，我體會到良心並不是人類所獨有的——我的意思是說，狗也有。這發現，給了我很大的快樂！

豬的美質

許多年許多年以前，我還是十九歲青年的時候，父親帶領我們一家人，雇民船由淪陷在日軍手裡的廈門偷渡到內地，黑夜在荒山下靠岸。船夫把我們的行李扔了一海灘，匆匆忙忙搖著舢舨溜走了。我們把行李拖向山腳的荒草堆裡，在秋月下坐著談話驅除睡意，直到月落天明。

天色大亮以後，我們發現上岸的地方就在一處絕壁下，四周非常荒涼，看不到人家。我和父親叫其他的人守著行李和一壺開水，在原地等待救援；兩個人帶了一壺廈門老酒作飲料，出發去求援。

我們沿著海灘前進；一邊是海，一邊是陡立的山壁，滿山是野草和灌木林。四周寂靜，沒有人聲。我們走了兩個多小時，仍然看不到一戶人家，心裡有些著急。兩個人又累又渴，就坐在海灘一塊大石頭上喝老酒休息。

我向前遠眺，看見海灘的那一頭有一隻小豬，就指給父親看。父親跳了起來說：『有豬就有人家！快去追那隻豬！』

我們在海灘上奔跑，因為距離那隻豬太遠，所以並沒有驚動牠。等到走近了，那隻豬仍然滿不在乎的，並不走避。我只好撿起幾塊石頭，扔過去打豬。牠身上挨了一下石頭，這才拔腿向山腳奔跑。我們一路追下去，終於找到了一戶人家。主人給我們水喝，安排我們去見駐軍，一家人也得救了。

多少年來，我一直忘不了父親所說的「有豬就有人家」那句話。現代都市裡，在公寓裡養豬是一件不可想像的事情。但是在農村，家家戶戶都養豬，這早成為農家的條件之一。「有豬就有人家」，一點兒也不錯。

豬，如果是一個象徵，那麼牠所代表的應該是殷實的家計，安和的社會。從經濟而不是從美的觀點來看，豬實在是「家的殷實」和「殷實的家」的象徵。豬的渾圓、肥胖、富態的形象，確實很能給人「豐足」的感覺。

豬是重要的家畜。無論東方農家或是西方農家，都知道豬的重要。不過，跟其他的家畜相比，豬是家畜中最具有「蔬菜」性質的。農人養豬，實在跟種菜相差不多：把牠養大了，然後吃了牠。其他的家畜，有的能幫助農人做事，能節省農人的勞力，有的能生產，只有豬是例外。

就拿雞鴨牛羊貓狗豬這七種家畜來作比較吧。貓捉老鼠的本領比農人強，狗看門守夜比農人警醒，這兩種家畜有代替農人做事的本領。雞是農家的鬧鐘，又能生產雞蛋。鴨雖然不司晨，可是也能生產鴨蛋。雞鴨像是果樹。牛能節省農人勞力，又能生產牛奶。羊雖然不能替農人做什麼，但是也生產羊奶。牛羊也像果樹。只有豬，不能代替農人做事，不能節省農人的勞力，「豬奶」又不被認為美味的飲料，因此農人養豬就只為了吃牠的身體，這不是很像種菜嗎？一種「葷菜」！一種「植物家畜」！

我想，大概就是為了這個緣故，農人跟豬，彼此沒有什麼交往，因此也就沒有什麼感情，只把豬看成「會走動的蔬菜」，完全忽略了牠的靈性。西方的百科全書替豬鳴不平，說：豬的智慧排名第九，遠超過馬、牛、羊。

我國的農人，因為豬在「以自己的肉身報答農人養育之恩」以前，對農人毫無貢獻，所以喜歡用豬來作「好吃懶做」的象徵。西方人對於吃得毫無節制的人有壞印象，往往形容那個人「吃起來像隻豬」。其實，無論哪一種家畜都得吃東西，農人所以討厭豬，實在是因為豬在農家所扮演的是一個「閒人」的角色。那「袖手旁觀」的態度，大大激怒了勤奮的農人。農人常常拿豬來出氣。

那麼，農人為什麼不乾脆停止養豬呢？這當然不行，因為所有的農人都知道養豬是一種利息豐厚的積蓄。豬是很有經濟價值的家畜，怎麼可以隨便放棄？農人養豬，等於把自己的剩餘勞力存進一家好銀行。豬是農家的小銀行，牠吸收農家的剩餘勞力、剩餘食物，轉化成「利息」。牠不是不工作。牠以卓越的營養吸收力在自己的身上工作，把農家剩餘的時間和剩餘的食物轉化成生產，產生了利益。農人實在應該感激。牠使農家沒有一絲浪費。牠雖然不代表勤奮，但是牠代表農家的另一種可貴的精神：節儉致富！

豬把農家無所事事的閒暇，不再新鮮的食物，一一變成黃金。這貢獻還不夠大嗎？農人實在不該拿豬來出氣。農人應該用對待農民銀行的態度來對待豬。

談到銀行，就想起一件有意思的事情來。那就是西方社會把我們中國人所說的撲滿，做成豬的形象，叫它「小豬銀行」。這個習俗，使豬成為銀行的象徵。

這一、二十年來，這「小豬銀行」的玩具撲滿，在我們的社會上很受歡迎。這件事，無形中逐漸改變了我們對豬的印象。從前，豬給我們的印象是又髒又醜，又笨又懶。「小豬銀行」竟使我們覺得豬很美，很可愛。

美術設計師把撲滿小豬塑造成「笑咪咪」的模樣，眼神像彌勒佛，給人一種幸福、滿足的印象。我每次看見這種撲滿小豬，就會聯想到一群男孩子當中那個挺有活力的小胖子。牠的眼神，特別是那眉開眼笑的樣子，卻使我想起童年時代我的一位慈祥的女性長輩。這幾年來，因為「小豬銀行」的緣故，我對豬的印象有了很大的改變。我發現了豬的種種好處，漸漸叛離了「罵豬」的民間傳統，賦予豬新的性格，深深感覺到豬有許多美德，值得我們學習。

我認為豬的第一個美德是好脾氣。這是和諧社會的基礎。豬的好脾氣，使豬成為和諧的象徵。我們對於「暴戾之氣」都有惡感，但是我們很少留意「暴戾之氣」是由個體和個體彼此的壞脾氣激盪成的。一次脾氣的發作，等於在人心中埋下一顆暴戾的小炸彈。壞脾氣的不斷發作，早晚會引爆出一股暴戾之氣，釀成災禍。消除暴戾之氣，只有靠好脾氣。這一點，我們就得承認豬有優越的表現。

你永遠無法要求一個壞脾氣的人保持良好的服務態度。在現代社會裡，有好多職業都要求從業人員要有好脾氣。好脾氣幾乎成為求職條件之一。我被貓抓過，被狗咬過，被憤怒的牛追逐過，甚至被馬「咬」過一口，但是從來沒受過豬的攻擊。豬幾乎從來不攻擊其他的動物，對於其他動物的攻擊，反應也不熱烈——一副懶得還手的樣子。這種好脾氣，或者說，沒脾氣，是祥和社會的主要基礎。

年長者常常說：『我現在已經一點脾氣也沒有了，由此可見我已經老了。』事實正好相反。從心理學的觀點來看，沒脾氣是心理健康的自然表現，脾氣大卻是衰弱的表徵。因此，沒脾氣反而是智慧的長者的美質。當然，豬給人的不是「充滿銳氣」的印象，不過好脾氣跟銳氣也並不衝突。我們都見過自強不息而又謙恭有禮的君子。希特勒曾經被人形容為比拿破崙更具有銳氣、殺氣，但是因為身體敗壞，心理不健全，沒法勝任繁劇，所以脾氣也很大。

這幾年來，因為「小豬銀行」的流行，在兒童玩具的世界裡，豬玩具也顯得多采多姿。我很佩服美術設計師對美化豬形象所作的貢獻，尤其是在「豬的笑容」方面所作的經營。我覺得我們應該把彌勒佛的超凡氣質賦予豬，使牠也成為對人類心靈修養具有啟發作用的可愛動物形象。

三十多年來，我們在民主運作方面所表現的進步和成就，是令人刮目相看的。在這期間，一個重要的角色出現了，那就是「批評」。怎麼批評和怎麼接受批評，成為我們應該學習的重要課題。

有些批評，內容十分瘦小，卻穿上又大又刺目的「辱罵的袍子」。有些批評，內容十分具體可行，偏又愛找便宜，非順便進行一點人身攻擊不過癮。有些批評，給人「怒不可遏」的印象，卻完全是捕風捉影，等於一次情緒的發洩。

在接受批評方面，有的是別人的話還沒說完，就已經開始為自己辯護；有的是一聽到批評，也不顧那批評有多荒謬，一味的唯唯稱是；有的是一受到批評就勃然大怒，缺乏對批評作冷靜分析的耐性，自己對了的無暇作解釋，自己錯了的一律不肯改。

民主的運作，基本條件要靠「人」的度量和耐心。西方人常形容民主是「某一種妥協」，這真是陳義過低的民主。民主的運作雖然難免會有「某一種妥協」的必要過程，但是它的最高指標應該是「對群體最大利益的冷靜推敲」。「人」要做到這一點，就得有度量，有耐心。度量和耐心，要以心理健康為基礎；也就是說，度量和耐心完全建立在「好脾氣」的基礎上。因為這個緣故，我也把好脾氣的豬看成民主的象徵。

當然，賦予象徵民主的豬一個美好形象，還要靠美術設計師的努力。理想中的這隻豬的形象，除了肥肥圓圓不激動敵意的富態身材以外，還應該是含笑的，慈眉善目的，眼神中閃耀著幽默感的。那位美術家，最好能設計得令人只看了那可愛形象一眼，就能感悟到什麼是代表人類最高理性表現的民主。

善良的人都應該善待動物，善待家畜，包括善待豬在內。尤其是，在我們發現豬具有種種對人類心靈修養十分有益的美質以後，我們對於豬這種動物更應該加以愛護，給牠公平的待遇。

歧視豬的偏見時代，已經完全過去了。但願幾年以後，凡是用「你是豬」來罵人的，也像用「你是天鵝」來罵人一樣，會給人莫名其妙的感覺。

大娃娃康弟

「康弟」的耳朵很大，是向下垂的。孩子們形容那雙耳像是寒帶國家的步兵冬天氈帽兩旁的護耳。康弟的臉很長，嘴是尖的，使人一看就想起仙鶴。康弟的臉，在雙目之間，從額頭到鼻尖，有一道寬寬的黑毛，跟白臉形成強烈的對照。這叫作「黑面」。康弟全身白毛，身材像一隻鹿，四條腿很長，卻有一條細細的像豬一樣的尾巴。康弟是一隻阿富汗狗。

康弟初來的時候，只有三個月大。牠的身材和牠的年齡是一種奇怪的結合。孩子們見慣了體型小的狗，總以為三個月大的小狗應該小得像鴿子。面對一隻像鹿那麼大的狗，卻要把牠「想」成小狗，是一件很為難的事。『牠只有三個月大。』成為家裡一句常說的話。這句話的作用，是提醒大家調整對待康弟的態度，意思是：牠雖然很大，實際上卻是很小，我們應該像對待小娃娃一樣的對待這一個大塊頭。

牠的腿還很軟弱，看牠邁步的樣子就知道。牠走起路來，東碰西撞，而且經常摔跤。牠大概還不怎麼熟悉運用牠的雙眼，測距的能力很差。對牠特別憐惜的老二琪琪，每天要說好幾次「又碰頭了」。牠好像並不十分清楚自己的身材很大，也弄不清自己的頭離地有多高，一天裡要碰好幾次響頭。

剛來的第一天，牠對這陌生的環境似乎有點兒害怕，但是我們總覺得那麼大的身材似乎不應該跟「怕」拉上了關係。在我們心目中，這個大嬰兒是一隻熊。我們忽略了牠的「無助」，總希望牠一下子就變成一個能夠自立的「人」。最起初，我們對牠有點兒失望。

跟人類的小孩相比，「狗小孩」實在已經夠堅強的了。想想牠的身世：三個月大就離開了母親，孤孤單單的送到別人家去住，在人類的嬰兒還是「不知天高地厚」的年齡，就要立刻學習跟人類相處，過著「被人當大人看待」的日子，承擔種種過失，對自己的一切行為負起完全的責任——這是不是太冷酷了一點？我們人類對待學齡前的兒童難道也是這樣的？牠的身材使我們忽略了牠的身世。牠的身材誤導了我們對待牠的態度，不過這不是牠的錯。我們怎麼能要求一個只有三個月大的嬰兒對自己的身材負責？

在我們人類的世界裡，如果竟然有一個身高一七〇公分的三歲娃娃，你也會有「該怎麼對待他才好」的困擾：把他當幼兒看待，他太「大」；把他當大人看待，他太「小」。康弟初到我家，也給一家人帶來同樣的困擾。

第一天，牠有些膽怯，不過並不像小型的小狗那樣的趴在地上不動。牠要探測新環境，想知道範圍有多大，因此屋裡每一個角落牠都要走到。牠身材太大，動作也大，無論走到哪裡，都要碰翻一些東西就像一匹駿馬闖進了超級市場。牠還想知道新環境裡有哪些食物，這跟牠的生存有關。因為這個緣故，屋裡無論什麼東西牠都想叼在嘴裡試一試軟硬。

尤其令人擔心的是，牠試驗一切物件的「可食性」，因為缺乏經驗，一律直接用胃來進行。那就是說，牠跟人類的會吃鈕釦的嬰兒一樣，會吞下不該裝在胃裡的東西。

第一天晚上，我們招待牠在客廳裡睡。牠睡在大大的鐵絲狗籠裡，只要有人走近了去看牠，牠就會搖動牠的又短又細的尾巴，表達牠的善意。但是沒人走近的時候，牠就有焦灼不安的樣子。牠似乎還很想念牠的第一個家。那是一個小家庭，住在公寓的四樓，年輕的夫婦都愛狗。先生經商，太太就在家裡照料四隻狗。康弟就是那位太太最喜愛的狗。她把康弟讓給我們，當初還真有點捨不得。由康弟的不自在，我猜想牠的女主人一定也會有同樣的感覺。

半夜，康弟竟嗚嗚咽咽的哭了起來。在我的經驗裡，小狗夜裡哭叫，是想走進屋裡來跟主人做伴兒，是想「享受家庭的溫暖」。康弟已經在屋裡，不該還覺得寂寞。「巨嬰」想念老家了。

第二天早上，「巨嬰」的女主人也打電話來了。她很關心小康弟能不能適應這個新環境。然後，她交代了許多話，內容是我們應該怎麼去適應這個「巨嬰」。

剛起初，康弟確實有許多嬰兒脾氣，牠很重視一日三餐，而且時間抓得很準。上午八點半、下午一點、傍晚七點，是牠的三餐時間。只要時間一到，牠就哭著要東西吃，像個鬧鐘。因為這樣，牠得了一個外號，那就是「狗鐘」。

這件事情使我想起了嬰兒和狗的一個共同的本能，那就是敏銳精確的「時間感覺」。嬰兒不會看鐘，但是能夠感覺時間。狗也一樣。有名的兒童文學創作《來喜回家》，就曾經提到牧羊狗「來喜」，每天都能準時跑到路口去迎接放學回家的小主人。我的朋友馬景賢兄家裡養的一隻白狗，每天下午只要時間一到，就會跑到大馬路邊的招呼站下，等交通車到達，迎接馬景賢兄回家。

我童年見到的從來不戴錶的人很多，他們的「時間感覺」都很敏銳。現代人因為都戴錶，「時間感覺」已經退化，大家全靠手錶辦事。

康弟剛到我家的那幾天，感冒還沒完全好，頭一天晚上天氣突然變冷，恰好客廳的窗戶都沒關，吹了一夜的過堂風，病情變得很嚴重。「媽媽」讓牠吃了藥片，喝了「桑葉茶」；後來又請醫生來打針，身體才漸漸復原。牠生病的時候，琪琪當了看護，每天用電烤爐烤暖牠的身子。因為這個緣故，牠對琪琪，表現得特別「聽話」。

這個大嬰兒身材高大，又很好奇。讓牠在客廳裡走動走動，可是牠偏偏不懂享受這個權利。牠進行的是牠自己的「覓食」活動。牠很想嘗一嘗電線、雜誌、原子筆和茶杯的滋味。我們吃飯的時候，很希望牠是一隻躺在地上的狗，但是牠總是前爪往飯桌邊緣一搭，伸長了脖子研究我們飯桌上的菜。我們不得不下了一個決定，在牠還沒接受足夠的禮儀訓練以前，還是讓牠住在廊下的狗籠裡好一點。這個含有排斥性的決定，使這個大嬰兒感受到一種「疏離感」，嗚嗚咽咽的哭了兩天。

跟牠的身材不相稱的，是羞怯和膽小。琪琪試著為牠拴上皮帶，帶牠上街。在門前的巷子裡，這個大嬰兒走得還有點信心。走出巷子，穿過馬路，牠走得像一隻「過街老鼠」。到了十字路口，牠怕氣喘的公車和怒吼的機車，索性賴在地上不肯走了。一對路過的母子看得大笑——像是看到了巨人跪地求饒。他們鼓勵可憐的康弟說：『不要怕，不要怕，起來走！』

琪琪回家提起這件事以後，康弟就有了第二個外號——「傻大個兒」。

狗應該多散步，多跑，多跳，好鍛鍊鍛鍊腿力。四樓的樓頂很大，足夠作牠的田徑場。問題是牠不敢上樓梯。牠塊頭雖然大，但是走路還在「學步」階段，走平地偶爾還會摔跤，怎麼敢上樓梯。剛起頭，琪琪要扶牠上樓，走到樓頂，氣喘如牛的是琪琪。慢慢的，康弟也學會自己爬樓梯了。這一回，氣喘如牛的卻是康弟了。現在情形不同了，康弟上樓下樓，來去如飛，成了全世界最會爬樓梯的狗。牠能有這個本領，大概跟遺傳有關。阿富汗多山，牠是一隻阿富汗狗。

樓頂是鋪了紅磚的，那是我們散步的地方。康弟喜歡那個地方，牠在那裡可以練習奔跑。牠跑起來像一隻豹，身子騰空、下降像一波一波的白浪——當然有時候難免要摔跤。牠比「古金水」小多了。

牠在樓頂上最喜歡的一項遊戲是「溜冰」。樓頂鋪的紅鋼磚，雨後很滑。牠總是先奔跑幾步，製造一點「衝力」，然後四爪著地，讓整個身子向前滑出去。牠一遍一遍的做，像小孩子一樣，永遠有一個「再來一次」。激烈運動以後，就到了牠「大」的時間。牠總是在那個時候「大」。狗是很好玩的，但是跟人類一樣，不能不「大」。我們並不因為我們每天要「大」，就覺得自己很不優雅。養狗的人幫狗清理清理「大」出來的東西是應該的。牠畢竟不是絨布做的。

牠的生活逐漸有了規律。每天早晨，上樓的時間一到，牠用不著看錶就知道。牠總是嗚嗚咽咽的撒嬌一陣子，如果屋裡沒有反應，牠就用雄渾的聲音叫一聲，好像是鄭重宣布：『時間到！』

牠吃飯總是在籠子裡吃。籠子下有塑膠墊盤，牠掉落的飯粒菜屑清理起來比較容易。因為這緣故，牠有了一個十分可愛的「固定反應」。每一次，看到「媽媽」或者琪琪端著牠的食盆來了，牠會立刻鑽進籠裡，趴好，擺出美好的「食姿」，在裡面等著。牠並不「隨地就食」。

這隻巨型的小狗跟人類的兒童一樣，也要打各式各樣的預防針。牠最怕的就是打針。每一次打針，連醫生在內，最少要動員三個人。打針在客廳裡進行。大概醫生身上都有「醫藥氣味」。醫生一到，牠就害怕，帶牠進客廳，牠會一再的溜走。三個人，一個按頭部，一個按「中部」，一個按後部。按頭部的是琪琪，因為康弟在任何情況之下都不咬琪琪。

老三瑋瑋利用星期日給牠洗過一次澡。牠臉很長，鼻孔離額頭很遠，所以不怕人家用水澆牠的頭；不過牠很不耐煩。狗的討厭洗澡，大概是因為狗沒有汗腺，洗澡並不讓牠覺得格外舒服。洗澡像是洗一件穿在牠身上的衣服。

康弟已經半歲了。我寫這篇文章，是為了祝賀牠「半歲生日快樂」。

小烏龜

琪琪的同事送給她兩隻烏龜。那位同事家裡養了不少烏龜，因為飼養得法，數目增加得快，因此為送烏龜所費的心力比養烏龜多得多。

兩隻烏龜都不大。大的一隻看起來只有北方館子裡的餡兒餅那麼大。小的一隻更小。

琪琪舉起裝了一點水的塑膠袋說：『晚上先讓牠在塑膠袋裡過夜。』她心裡已經有了自己的安排。『明天再幫牠找個固定的地方。』

看到這種古老的動物，我心中充滿好奇。科學家都把烏龜和恐龍看成老一輩的動物。牠們都是十幾億年前地球上的活躍分子。恐龍成了化石，烏龜卻進入了現代家庭，而且能使許多小孩子為了牠而忘了電視機。看到小孩子在受冷落的電視機旁邊玩烏龜，我就擔心電視機有一天也會變成了化石。

我念小學一年級的時候，每天要帶石板上學，在石板上練習寫字。烏龜的殼比那石板古老得多。四千年前，我們的古人就在龜甲上刻字，留下了可愛的甲骨文。

這兩隻烏龜雖然還是小孩子，但是一想起牠們是動物世界裡最古老的族類，我心中湧起一片敬意，就像面對長輩。

第二天，琪琪買回來一個塑膠盆，在盆裡淺淺的放了一點水。她把兩隻烏龜放在盆裡。『這就是牠的家。』她說。

我提醒她，兩隻烏龜已經一天沒吃東西了。

『這是烏龜耶。』她笑著說。

我知道她的意思：烏龜是可以在惡劣條件下生存的動物。餓一兩頓，甚至餓一兩天，烏龜根本不會放在心上。

我覺得有道理。不只是烏龜，所有的動物，包括我自己，都是只要有食物就能生存。我在忙碌的時候，也會忘了吃飯。這幾乎跟餓死毫無關係。一天吃三頓飯，是人類才有的精緻文化。人類為了要過合作生活，不得不有統一的工作時間。有了統一的工作時間，就不能沒有統一的吃飯時間。如果人類堅持「餓了才吃飯」的原則，一天裡的任何時刻都有人離開工作崗位去吃飯，合作生活就過不下去了。在不飢餓的狀態下每天進食三次，在已開發國家中，實質上是為了享受人生。我們在餐桌上擺花兒，而且用最精緻的餐具，只吃一點兒東西。

又過了一天，琪琪帶回來一塊金字塔形的大理石，石質很精緻。『這是讓烏龜有點兒運動。』她說。

她的意思是：烏龜不能整天把半個身子泡在水裡，有時候也該到「陸地」上走走。

一切生命都應該受尊重。生命是具有喜感的。「生命」的同義語幾乎就是「喜悅」。我們看到的小雞、小鴨、小狗、小貓，都會有「充滿喜感的小絨球兒」的印象。這種充滿喜感的小絨球兒令我們覺得開心。從基督教的觀點來看，天地萬物、一切生命，都是上帝創造活動的產物。創造是因為喜悅，也帶來喜悅。

從人類的觀點來看，像烏龜這種事實上並不簡單的簡單動物的生存，似乎毫無意義。烏龜下卵，卵孵化成烏龜，固然是生生不息，可是又為了什麼？

為什麼？難道不是因為烏龜本身就代表生命的喜悅？烏龜活著，就為了追求那生存的喜悅。烏龜爬向陽光曬暖了的沙灘，追求的就是生存的喜悅。烏龜爬向水邊去享受水的滋潤，追求的也是生存的喜悅。

能爬才能追求，所以烏龜需要運動。在烏龜居住的水盆裡，放一塊可以爬的石頭，是一件很有意思的事情。到了第三天，琪琪才為兩隻烏龜安排食物。

我以為琪琪會先去查百科全書，然後再為烏龜尋找食物。可是我沒猜對。她不必到郊外或者山林中的池塘去為烏龜尋找天然食物，也不必到菜市場去買。她直接到水族寵物店去買一筒烏龜吃的飼料，那是一種能漂浮在水面上的漂浮飼料。這就是現代人追求喜悅的唯一方式——購買，或者付費。

人類社會的細密分工，使我微微感到有些失意。我在一位朋友的辦公室裡見過一玻璃箱出色的熱帶魚。我很高興的向他請教養熱帶魚的方法。他的回答很使我驚訝。『這是租的。我連每月租金多少錢都不很清楚。他們會定期派人來照料。我哪兒有那麼多的時間。』他說。

現代人要養烏龜似乎很簡單：先買烏龜，然後買盆，然後買石頭，然後買調配好的飼料。他只要買。

也許不久的將來，還會有更完美的產品。一個喜歡烏龜的人，可以付錢為客廳的一角購買一組「烏龜生態景觀」，有石頭，有青苔，有蕨類植物，有小沙灘，有小池塘，有紫外線照射燈，連烏龜都配備好了。然後，他向寵物店繳費，請他們排好日期來照料。

在更遠的將來，連烏龜都不必是真的。我們可以隨意挑選可以亂真的不同年齡的假烏龜。假烏龜的行動完全由電腦控制。烏龜可以爬上沙灘，可以滑進池裡。只要設計好了程式，你要烏龜的活動在一年裡有三百六十五又四分之一種變化，都沒有什麼問題。那時候，人類儘管不會有什麼損失，不過卻要失去了跟真正的動物親近的機會，再也無法感受到那種單純的生存的喜悅。這種損失，會嚴重威脅到我們對生存喜悅的感受力。我們的心靈，也會因此陷入極端的孤寂。

但是琪琪並沒有令我失望。她雖然工作很忙，仍然沒忘了為兩隻烏龜換清水，仍然有計畫的為兩隻烏龜撒漂浮飼料。

盆子放在前廊。兩隻烏龜每天上午可以享受一刻陽光。前廊的空氣是清新的，而且廊下有些花樹，兩隻烏龜不會有被囚禁的感覺。

有兩個活活潑潑的生命加入我們的生活，當然也給我帶來了喜悅，也讓我有機會跟動物親近，感受牠的生存喜悅。我開始觀察這兩隻烏龜。

那隻大一點的烏龜，渾身充滿了活力。小一點的烏龜，十分文靜。每一次，我撥開通前廊的落地窗，總會聽到一聲濺水聲。我趕緊看看水盆，水面上總有圈圈漣漪。這件事使我湧起好奇。

有一次，我事先把落地窗撥開一道縫，準備好好的觀察觀察。我看到的是，那一隻大一點的烏龜，很喜歡爬到那塊石頭上去玩，而且一逗留就是半天。只要我動手撥開落地窗，不知道是聽到門聲還是看到了我的身影，牠就會立刻讓自己跌落水裡，濺起水花。就是在水裡，牠也仍然活動不停，四腳亂划。這真是一隻少見的烏龜。我向我的太太發表我的感想：『你見過這麼活潑的烏龜嗎？』我為這隻烏龜取了一個外號——「麻雀」。

為了這隻烏龜，我去看書。烏龜專家告訴我，活潑的烏龜並不稀奇。生長在大自然裡的烏龜還會疊羅漢。令我難過的是，專家說，我們在寵物店裡買來的烏龜，有許多都受過嚴重的傷害，或者，沒有好好兒的加以保護。

烏龜的壽命都很長。長壽的烏龜跟人一樣，可以活到百歲。不過，烏龜的另一個特性是很能忍受病痛的折磨，身上帶病帶傷也能活好幾年。

那麼，另外一隻文靜的烏龜，會不會是帶病帶傷的呢？烏龜本來就是沉默的動物，不過大家總是忘了這件事。一隻烏龜如果還會給人沉默的感覺，那真是沉默裡的沉默，格外令人愛憐了。

看到「麻雀」的活蹦亂跳，我相信牠不只是健康，而且是十分快樂。我國古代思想家莊子，看到水中的游魚，體會到「魚之樂」。「魚之樂」就是魚的生存的喜悅。我相信「麻雀」也使我體會到「龜之樂」。「龜之樂」也就是烏龜的生存的喜悅。

對於宇宙形成的原因的原因的原因，對於宇宙的外面的外面的外面，對於生命的起源的起源的起源，我們所知道的不多。但是，我們生命中都有一種單純的生存的喜悅。我們應該珍惜這喜悅。

我們應該像「麻雀」的渾身洋溢著「龜之樂」一樣，不要忘了我們也有我們的一份權利——生存的喜悅。

《小方舟》動物分類索引

國家圖書館出版品預行編目資料

小方舟 / 林良著. -- 二版. -- 臺北市 : 麥田出版 : 家庭傳媒城邦分公司發行, 2015.08

面； 公分. -- (林良作品集 ; 7)

ISBN 978-986-344-200-4(平裝)

855 104000230

林良作品集 07

小方舟 經典紀念珍藏版

作者 林良
責任編輯 賴雯琪 林秀梅
校對 吳淑芳 吳美滿 陳瀅如

國際版權 吳玲緯
行銷 陳麗雯 蘇莞婷
業務 李再星 陳玫潾 陳美燕 杻幸君
副總編輯 林秀梅
副總經理 陳瀅如
編輯總監 劉麗真
總經理 陳逸瑛
發行人 凃玉雲

出版 麥田出版
城邦文化事業股份有限公司
104台北市中山區民生東路二段141號5樓
電話：（886）2-2500-7696 傳真：（886）2-2500-1966、2500-1967
E-mail：bwps.service@cite.com.tw
發行 英屬蓋曼群島商家庭傳媒股份有限公司城邦分公司
104台北市中山區民生東路二段141號2樓
書虫客服服務專線：(886)2-2500-7718；2500-7719
24小時傳真服務：(886)2-2500-1990；2500-1991
服務時間：週一至週五09:30-12:00；13:30-17:00
郵撥帳號：19863813 戶名：書虫股份有限公司
讀者服務信箱E-mail：service@readingclub.com.tw
歡迎光臨城邦讀書花園 網址：www.cite.com.tw
麥田部落格：http://www.ryefield.com.tw

香港發行所 城邦（香港）出版集團有限公司
香港灣仔駱克道193號東超商業中心1樓
電話：(852)2508-6231 傳真：(852)2578-9337
E-mail：hkcite@biznetvigator.com

馬新發行所 城邦(馬新)出版集團【Cite(M)Sdn. Bhd】
41, Jalan Radin Anum, Bandar Baru Sri Petaling,
57000 Kuala Lumpur, Malaysia.
電話：(603)9057-8822 傳真：(603)9057-6622
E-mail:cite@cite.com.my

封面繪圖、設計 薛慧瀅
電腦排版 宸遠彩藝有限公司
印刷 一展彩色製版有限公司

初版一刷 1998年3月1日
二版一刷 2015年8月1日
定價／260元

ISBN：978-986-344-200-4

城邦讀書花園
www.cite.com.tw

cite城邦媒體 麥田出版
Rye Field Publications
A division of Cité Publishing Ltd.

廣　告　回　函
北區郵政管理局登記證
台北廣字第000791號
免　貼　郵　票

英屬蓋曼群島商
家庭傳媒股份有限公司城邦分公司
104 台北市民生東路二段141號5樓

▼
請沿虛線折下裝訂，謝謝！

文學・歷史・人文・軍事・生活

麥田出版
Rye Field Publications

讀者回函卡

cite城邦媒體

※為提供訂購、行銷、客戶管理或其他合於營業登記項目或章程所定業務需要之目的，家庭傳媒集團（即英屬蓋曼群島商家庭傳媒股份有限公司城邦分公司、城邦文化事業股份有限公司、書虫股份有限公司、墨刻出版股份有限公司、城邦原創股份有限公司），於本集團之營運期間及地區內，將以e-mail、傳真、電話、簡訊、郵寄或其他公告方式利用您提供之資料（資料類別：C001、C002、C003、C011等）。利用對象除本集團外，亦可能包括相關服務的協力機構。如您有依個資法第三條或其他需服務之處，得致電本公司客服中心電話請求協助。相關資料如為非必填項目，不提供亦不影響您的權益。

□ 請勾選：本人已詳閱上述注意事項，並同意麥田出版使用所填資料於限定用途。

姓名：＿＿＿＿＿＿＿＿＿＿ 聯絡電話：＿＿＿＿＿＿＿＿＿＿

聯絡地址：□□□□□＿＿＿＿＿＿＿＿＿＿

電子信箱：＿＿＿＿＿＿＿＿＿＿

身分證字號：＿＿＿＿＿＿＿＿＿＿（此即您的讀者編號）

生日：＿＿年＿＿月＿＿日 性別：□男 □女 □其他＿＿＿＿

職業：□軍警 □公教 □學生 □傳播業 □製造業 □金融業 □資訊業 □銷售業 □其他＿＿＿＿＿＿＿＿＿＿

教育程度：□碩士及以上 □大學 □專科 □高中 □國中及以下

購買方式：□書店 □郵購 □其他＿＿＿＿＿＿＿＿＿＿

喜歡閱讀的種類：（可複選）

□文學 □商業 □軍事 □歷史 □旅遊 □藝術 □科學 □推理 □傳記 □生活、勵志 □教育、心理 □其他＿＿＿＿＿＿＿＿＿＿

您從何處得知本書的消息？（可複選）

□書店 □報章雜誌 □網路 □廣播 □電視 □書訊 □親友 □其他＿＿＿＿＿＿＿＿＿＿

本書優點：（可複選）

□內容符合期待 □文筆流暢 □具實用性 □版面、圖片、字體安排適當 □其他＿＿＿＿＿＿＿＿＿＿

本書缺點：（可複選）

□內容不符合期待 □文筆欠佳 □內容保守 □版面、圖片、字體安排不易閱讀 □價格偏高 □其他＿＿＿＿＿＿＿＿＿＿

您對我們的建議：＿＿＿＿＿＿＿＿＿＿

＿＿＿＿＿＿＿＿＿＿